清 馨 民 国 风

清馨民国风

人生寄语

梁启超　胡适等著

王丽华编

首都经济贸易大学出版社
Capital University of Economics and Business Press

图书在版编目（CIP）数据

人生寄语/梁启超,胡适等著,王丽华编. -- 北京:首都经济贸易大学出版社,2014.8

（清馨民国风）

ISBN 978 - 7 - 5638 - 2215 - 7

Ⅰ.①人…　Ⅱ.①梁…②胡…③王…　Ⅲ.①散文集—中国—现代　Ⅳ.①I266

中国版本图书馆 CIP 数据核字(2014)第 046774 号

人生寄语

梁启超　胡适　等著　王丽华　编

责任编辑　周　欣
封面设计　张弥迪
出版发行　首都经济贸易大学出版社
地　　址　北京市朝阳区红庙（邮编 100026）
电　　话　(010)65976483　65065761　65071505（传真）
网　　址　http://www.sjmcb.com
E - mail　publish@cueb.edu.cn
经　　销　全国新华书店
照　　排　北京砚祥志远激光照排技术有限公司
印　　刷　临沂圣贤印刷有限公司
开　　本　880 毫米×1230 毫米　1/32
字　　数　220 千字
印　　张　8.625
版　　次　2014 年 8 月第 1 版　2019 年 10 月第 2 次印刷
书　　号　ISBN 978 - 7 - 5638 - 2215 - 7/I · 23
定　　价　26.00 元

前　言

　　这本书中的几十篇文字，都曾刊载于民国时期的出版物。其中一些篇目，近二三十年中曾经从繁体字变为简体字，或多或少为今人所知；但更多的篇目，似乎一直以繁体字竖排的形式，掩隐在岁月的尘埃中，直到我们发现或找到它们，再把它们转换为简体字，以现在这套"清馨民国风"丛书为载体，呈献给当今的读者。

　　收入这套"清馨民国风"丛书的数百篇民国时期的文字，堪称历史影像，也可以说是情景回放。它们栩栩如生、有血有肉，是近200位民国学人的集中亮相，也是他们经历、思考与感悟的原味展示——围绕读书与修养、成长与见闻、做人与做事、生活与情趣，娓娓道来。透过这些文字，我们既可以领略众多民国学人迥然不同的个性风采，更可以感知那个时代教育、思想与文化生态的原貌。

　　策划、编选这样一套以民国原始素材为主体内容的丛书，耗费了我们大量的时间、精力和心血。而今本套丛书即将分批陆续付梓，我们欣喜地发现，她已经有型、有范儿、有味道了。

目　录

梁启超（1873—1929），字卓如，号任公、饮冰室主人。广东新会人。20世纪初中国新旧交替时代著名政治活动家、启蒙思想家、教育家、史学家和文学家，戊戌变法领袖之一，民国初年清华大学国学院四大导师之一。梁启超学术研究涉猎广泛，在哲学、文学、史学、经学、法学、伦理学、宗教学等领域均有建树，以史学研究成就最大，被公认为中国近代史上百科全书式的人物；其著作后被合编为《饮冰室合集》。

人生目的何在

梁启超

呜呼！可怜！世人尔许忙！忙个什么？所为何来？

那安分守己的人，从稍有知识之日起，入学校忙，学校毕业忙，求职业忙，结婚忙，生儿女忙，养儿女忙；每日之间，穿衣忙，吃饭忙，睡觉忙；到了结果，老忙，病忙，死忙。忙个什么？所为何来？

还有那些号称上流社会，号称国民优秀分子的，做官忙，带兵忙，当议员忙，赚钱忙。最高等的，争总理、总长忙，争督军、省长忙，争总统、副总统忙，争某项势力、某处地盘忙。次一等的，争得缺忙，争兼差忙，争公私团体位置忙。由是而运动忙，交涉忙，出风头忙，捣乱忙，奉承人忙，受人奉承忙，攻击人忙，受人攻击忙，倾轧人忙，受人倾轧忙。由是而妄语忙，而欺诈行为忙，而嫉妒忙，而恚恨忙，而怨毒。由是而决斗忙，而惨杀忙。由是而卖友忙，而卖国忙，而卖身忙。那一时得志的，便宫室之美忙，妻妾之奉忙，所识穷乏者得我忙，每日行事，则请客忙，拜客忙，坐马车、汽车忙，麻雀忙，扑克忙，花酒忙，听戏忙，陪姨太太作乐忙，和朋友评长论短忙。不得志的，哪里肯干休？还是忙。已得志的，哪里便满足？还是忙。就是那外面像极安闲的时候，心里千般百计，转来转去，恐怕比忙时还加倍忙。乃至夜里睡着，梦想颠倒，挂碍恐怖，和日间还是一样的忙。到了结果，依然还他一个老忙、病忙、死忙。忙个什么？所为何来？

有一答道："我忙的是要想得快乐。"人生在世，是否以个人快乐为究竟目的，为最高目的？此理甚长，暂不细说。便是将快乐作为人生目的之一，我亦承认。但我却要切切实实问一句话：汝如此忙来忙去，究竟现时是否快乐？从前所得快乐，究竟有多少？将来所得快乐，究竟在何处？拿过去、现在、未来的快乐，和过去、现在、未来的烦恼，相乘相除，是否合算？白香山①诗云："妻子欢娱僮仆饱，看来算只为他人。"当知虽有广厦千间，我坐不过要一床，卧不过要一榻；虽有貂狐之裘千袭，难道我能够无冬无夏，把它全数披在身上？虽有侍妾数百人，我难道能同时一个一个陪奉她受用？若真真从个人自己快乐着想，倒不如万缘俱绝，落得清净，像汝这等忙来忙去，

---

①即白居易（772—846），字乐天，号香山居士，又号醉吟先生。唐代伟大的现实主义诗人。——编者注。

钩心斗角，时时刻刻都是现世地狱，未免太不会打算盘了。如此看来，哪里是求快乐，直是讨苦吃。我且问汝：汝到底忙个什么？所为何来？若说汝目的在要讨苦吃，未免不近人情，如若不然，汝总须寻根究底，还出一个目的来。

以上所说，是那一种过分的欲求，一面自讨苦吃，一面造成社会上种种罪恶的根源。此等人不唯可怜，而且可恨，不必说他了。至于那安分守己的人，成日成年，勤苦劳作，问他忙个什么？所为何来？他便答道："我总要维持我的生命，保育我的儿女。"这种答语原是天公地道，无可批驳。但我还要追问一句：汝到底为什么维持汝的生命？汝维持汝的生命，究竟有何用处？若别无用处，那便是为生命而维持生命，难道天地间有衣服怕没人穿，有饭怕没人吃，偏要添汝一个人，帮着消缴①不成？则那全世界十余万万人，个个都是为穿衣、吃饭两件事，来这世间鬼混几十年，则那自古及今，无量无数人，生生死死，死死生生，不过专门来帮造化小儿吃饭，则人生岂复更有一毫意味？又既已如是，然则汝用种种方法，保育汝家族，繁殖汝子孙，又所为何来？难道因为天地间缺少衣架，缺少饭囊，必须待汝构造？如若不然，则汝一日、一月、一年、一世，忙来忙去，到底为的什么？汝总须寻根究底，牙清齿白，还出一个目的来。

孟子曰："人之所以异于禽兽者几希。"且道这几希的分别，

---

① 此处"消缴"意为"消受，吃掉"，有诙谐意。——编者注。

究在何处？依我说：禽兽为无目的的生活，人类为有目的的生活，这便是此两部分众生不可逾越的大界线。鸡、狗、彘终日营营，问它忙个什么？所为何来？虫蝶翩翩，蛇鳝蜿蜒，问它忙个什么？所为何来？溷厕中无量无数粪蛆，你爬在我背上，我又爬在你背上，问它忙个什么？所为何来？我能代它答道："我忙个忙，我不为何来。"勉强进一步，则代答道："我为维持生命，繁殖我子孙而来。"试问人类专来替造化小儿穿衣吃饭过一生的，与彼等有何分别？那争权、争利、争地位，忽然趾高气扬、忽然垂头丧气的人，和那爬在背上、挤在底下的粪蛆，有何分别？这便叫作无目的的生活。无目的的生活，只算禽兽，不算是人。

我这段说话，并非教人不要忙，更非教人厌世。忙是人生的本分，试观中外古今大人物，若大禹，若孔子，若墨子，若释迦，若基督，乃至其他圣哲豪杰，哪一个肯自己偷闲？哪一个不是席不暇暖，突不得黔，奔走栖惶，一生到老？若厌忙求闲，岂不成了衣架、饭囊？至于说到厌世，这是没志气人所用的字典方有此两字，古来圣哲从未说过，千万不要误会了。我所说的，是告诉汝终日忙，终年忙，总须向着一个目的忙去，汝过去、现在，到底忙个什么？所为何来？不唯我不知道，恐怕连汝自己也不知道，汝自己不唯不知道，恐怕自有生以来，未曾想过。呜呼！人生无常，人身难得，数十寒暑一弹指顷便尔过去。今之少年，曾几何时，忽已颀然而壮，忽复颓然而老，忽遂奄然而死。囫囵模糊，蒙头盖面，包脓裹血，过此一生，岂不可怜！岂不可惜！何况这种无目的的生活，决定和那种种忧怖、烦恼纠缠不解，长夜漫漫，如何过得！我劝汝寻根究底，还出一个题目来，便是叫汝黑暗中觅取光明，教汝求一个安身立命的所在。汝要求不要求，只得随汝，我又何能勉强？但我有一句话：汝若到底还不出一个目的来，汝的生活便是无目的，便是和禽兽一样，恐怕成孟子所说的话，"如此则与禽兽奚择"了。

汝若问我：人生目的究竟何在？我且不必说出来，待汝痛痛切切、彻底参详透了，方有商量。

梁启超（1873—1929），字卓如，号任公、饮冰室主人。广东新会人。20世纪初中国新旧交替时代著名政治活动家、启蒙思想家、教育家、史学家和文学家，戊戌变法领袖之一，民国初年清华大学国学院四大导师之一。梁启超学术研究涉猎广泛，在哲学、文学、史学、经学、法学、伦理学、宗教学等领域均有建树，以史学研究成就最大，被公认为中国近代史上百科全书式的人物；其著作后被合编为《饮冰室合集》。

最苦与最乐

梁启超

人生什么事最苦呢？贫吗？不是。失意吗？不是。老吗？死吗？都不是。我说人生最苦的事莫苦于身上背着一种未来的责任。人若能知足，虽贫不苦；若能安分（不多作分外希望），虽失意不苦；老、病、死乃人生难免的事，达观的人看得很平常，也不算什么苦。独是凡人生在世间一天，便有一天应该做的事，该做的事没有做完，便像是有几千斤重担子压在肩头，再苦是没有的了。为什么呢？因为受那良心责备不过，要逃躲也没处逃躲呀。

答应人办一件事没有办，欠了人的钱没有还，受了人的恩惠没有报答，得罪了人没有赔礼，这就连这个人的面也几乎不敢见他；纵然不见他的面，睡里梦里都像有他的影子来缠着我。为什么呢？因为觉得对不住他呀，因为自己对于他的责任还没有解除呀。不独是对于一个人如此，就是对于家庭，对于社会，对于国家，乃至对于自己，都是如此。凡属我受过他好处的人，我对于他便有了责任。凡属我应该做的事，而且力量能够做得到的，我对于这件事便有了责任。凡属我自己打主意要做一件事，便是现在的自己和将来的自己立了一种契约，便是自己对于自己加一层责任。有了这责任，那良心便时时刻刻监督在后头。一日应尽的责任没有尽，到夜里头便是过的苦痛日子；一生应尽的责任没有尽，便死也是带着苦痛往坟墓里去。这种苦痛却比不得普通的贫、病、老、死可以达观排解得来。我说人生没有苦痛便罢，若有苦痛，当然没有比这个加重的了。

翻过来看，什么事最快乐呢？自然责任完了，算是人生第一件乐事。古语说得好："如释重负。"俗语亦说是："心上一块石头落了地。"人到这个时候，那种轻松愉快，真是不可以言语形容。责任越重大，负责的日子越久长，到责任完了时，海阔天空，心安理得，那快乐还要加几倍哩。大抵天下事从苦中得来的乐才算真乐。人生须知道有负责任的苦处，才能知道有尽责任的乐处。这种苦乐循环，便是这有活力的人间一种趣味。却是不尽责任，受良心责备，这些苦都是自己找来的。一翻过来，处处尽责任，便处处快乐；时时尽责任，便时时快乐。快乐之权操之在己。孔子所以说"无入而不自得"，正是这种作用。

然则为什么孟子又说"君子有终身之忧"呢？因为越是圣贤豪杰，他负的责任便越是重大；而且他常要把种种责任揽在身上，肩头的担子从没有放下的时节。曾子还说："任重而道远……死而后已，不亦远乎？"那仁人志士的忧民、忧国，那诸圣诸佛的悲天、悯人，虽说他是一辈子感受苦痛也都可以，但是他日日在那里尽责任，便日日在那里得苦中真乐，所以他到底还是乐不是苦呀。

有人说："既然这苦是从负责任而生的，我若是将责任卸却，岂不是就永远没有苦了吗？"这却不然，责任是要解除了才没有，并不是卸了就没有。人生若能永远像两三岁小孩，本来没有责任，那就本来没有苦。到了长成，那责任自然压在你头上，如何能躲？不过有大小的分别罢了。尽得大的责任，就得大快乐；尽得小的责任，就得小快乐。你若是要躲，倒是自投苦海，永远不能解除了。

梁启超（1873—1929），字卓如，号任公、饮冰室主人。广东新会人。20世纪初中国新旧交替时代著名政治活动家、启蒙思想家、教育家、史学家和文学家，戊戌变法领袖之一，民国初年清华大学国学院四大导师之一。梁启超学术研究涉猎广泛，在哲学、文学、史学、经学、法学、伦理学、宗教学等领域均有建树，以史学研究成就最大，被公认为中国近代史上百科全书式的人物；其著作后被合编为《饮冰室合集》。

敬业与乐业

梁启超

我这题目，是把《礼记》里头"敬业乐群"和《老子》里头"安其居，乐其业"那两句话，断章取义造出来。我所说是否与《礼记》《老子》原意相合，不必深求。但我确信"敬业乐业"四个字，是人类生活不二法门。

本题主眼，自然是在"敬"字、"乐"字。但必先有业，才有可敬可乐的主体，理至易明。所以在讲演正文以前，先要说说有业之必要。

孔子说："饱食终日，无所用心，难矣哉！"又说："群居终日，言不及义，好行小慧，难矣哉！"孔子是一位教育大家，他心目中没有什么人不可教诲，独独对于这两种人便摇头叹气说道："难，难！"可见人生一切毛病都有药可医，唯有无业游民，虽大圣人碰着他，也没有办法。

唐朝有一位名僧百丈禅师，他常常用两句格言教训弟子，说道："一日不做事，一日不吃饭。"他每日除上堂说法之外，还要自己扫地、擦桌子、洗衣服，直到八十岁，日日如此。有一回，他的门生想替他服劳，把他本日应做的工悄悄地都做了，这位言行相顾的老禅师，老实不客气，那一天便绝对地不肯吃饭。

我征引儒门佛门这两段话，不外证明人人都要有正当职业，人人都要不断地劳作。倘若有人问我："百行什么为先？万恶什么为首？"我便一点不迟疑答道："百行业为先，万恶懒为首。"没有职业的懒人，简直是社会上的蛀米虫，简直是"掠夺别人勤劳结果"的盗贼。我们对于这种人，是要彻底讨伐，万不能容赦的。有人说："我并不是不想找职业，无奈找不出来。"我说，职业难找，原是现代全世界普遍现象，我也承认。这种现象应该如何救济，别是一个问题，今日不必讨论。但以中国现在情形论，找职业的机会依然比别国多得多。一个精力充沛的壮年人，倘若不是安心躲懒，我敢信他一定能得相当职业。今日所讲，专为现在有职业及现在正做职业上预备的人——学生——说法，告诉他们对于自己现有的职业应采何种态度。

第一要敬业。敬字为古圣贤教人做人最简易、直捷的法门，可惜被后来有些人说得太精微，倒变了不适实用了。唯有朱子解得最好，他说："主一无适便是敬。"用现在的话讲，凡做一件事，便忠于一件事，将全副精力集中到这事上头，一点不旁骛，便是敬。业有什么可敬呢？为什么该敬呢？人类一面为生活而劳动，一面也是为劳动而生活。人类既不是上帝特地制来充当消化面包的机器，自然该各人因自己的地位和才力，认定一件事去做。凡可以名为一件事的，其性质都是可敬。当大总统是一件事，拉黄包车也是一件事。事的名称，从俗人眼里看来有高下；事的性质，从学理上解剖起来，并没有高下。只要当大总统的人信得过我可以当大总统才去当，实实在在把总统当作一件正经事来做；拉黄包车的人，信得过我可以拉黄包车才去拉，实实在在把拉车当作一件正经事来做。这便是人生合理的生活。这叫作职业的神圣。凡职业没有不是神圣的，所以凡职业没有不是可敬的。唯其如此，所以我们对于各种职业，没有什么分别拣择。总之，人生在世，是要天天劳作的。劳作便是功德，不劳作便是罪恶。至于我该做哪一种劳作呢？全看我的才能何如、境地何如。因自己的才能、境地做一种劳作做到圆满，便是天地间第一等人。

怎样才能把一种劳作做到圆满呢？唯一的秘诀就是忠实，忠实从心理上发出来的便是敬。《庄子》记佝偻丈人承蜩的故事，说道："虽天地之大，万物之多，而唯吾蜩翼之知。"凡做一件事，便把这件事看作我的生命，无论别的什么好处，到底不肯牺牲我现做的事来和它交换。我信得过我当木匠的做成一张好桌子，和你们当政治家的建设成一个共和国家同一价值；我信得过我当挑粪的把马桶收拾得干净，和你们当军人的打胜一支压境的敌军同一价值。大家同是替社会做事，你不必羡慕我，我不必羡慕你。怕的是我这件事做得不妥当，便对不起这一天里头所吃的饭。所以我做事的时候，丝毫不肯分心到事外。

曾文正说："坐这山，望那山，一事无成。"我从前看见一位法国学者著的书，比较英法两国国民性，他说："到英国人公事房里头，只看见他们埋头执笔做他的事；到法国人公事房里头，只看见他们衔着烟卷像在那里出神。英国人走路，眼注地上，像用全副精神注在走路上；法国人走路，总是东张西望，像不把走路当一回事。"这些话比较得是否确切姑且不论，但很可以为"敬业"两个字下注脚。若果如他们所说，英国人便是敬，法国人便是不敬。一个人对于自己的职业不敬，从学理方面说，便是亵渎职业之神圣；从事实方面说，一定把事情做糟了，结果自己害自己。所以敬业主义，于人生最为必要，又于人生最为有利。庄子说："用志不纷，乃凝于神。"孔子说："素其位而行，不愿乎其外。"我说的敬业，不外这些道理。

第二要乐业。"做工好苦呀！"这种叹气的声音，无论何人都会常在口边流露出来。但我要问他："做工苦，难道不做工就不苦吗？"今日大热天气，我在这里喊破喉咙来讲，诸君扯直耳朵来听，有些人看着我们好苦。翻过来，倘若我们去赌钱、去吃酒，还不是一样地劳神费力，难道又不苦？须知苦乐全在主观的心，不在客观的事。人生从出胎的那一秒钟起到咽气的那一秒钟止，除了睡觉以外，总不能把四肢、五官都搁起不用，只要一用，不是淘神，便是费力，劳苦总是免不掉的。会打算盘的人，只有从劳苦中找出快乐来。我想天下第一等苦人，莫过于无业游民，终日闲游浪荡，不知把自己的身子和心子摆在哪里才好。他们的日子真难过。第二等苦人，便是厌恶自己本业的人，这件事分明不能不做，却满肚子里不愿意做。不愿意做逃得了吗？到底不能。结果还是皱着眉头，哭丧着脸做去。这不是专门自己替自己开玩笑吗？我老实告诉你一句话："凡职业都是有趣味的，只要你肯继续做下去，趣味自然会发生。"为什么呢？第一，因为凡一件职业，总有许多层累、曲折，倘能身入其中，看它变化、进展的状态，最为亲切有味。第二，因为每一职业之成就，离不了奋斗，一步一步地奋斗前去，从刻苦中得快乐，快乐的分量加增。第三，职业的性质常常要和同业的人比较骈进，好像赛球一般，因竞胜而得快乐。第四，专心做一职业时，把许多游思、妄想杜绝了，省却无限闲烦恼。孔子说："知之者不如好之者，好之者不如乐之者。"人生能从自己职业中领略出趣味，生活才有价值。孔子自述生平，说道："其为人也，发愤忘食，乐以忘忧，不知老之将至云尔。"这种生活，真算得人类理想的生活了。

我生平最受用的有两句话：一是"责任心"，二是"趣味"。我自己常常力求这两句话之实现与调和，又常常把这两句话向我的朋友强聒不舍。今天所讲，敬业即是责任心，乐业即是趣味。我深信人类合理的生活总该如此，我盼望诸君和我同一受用！

（十一年八月十四日①在上海中华职业学校讲演）

---

①本书所选文章，篇末如有中文数字（均为民国原书所载），系指中国历法年月日，如本处即指民国十一年（西历 1922 年）八月十四日；如为阿拉伯数字，则指西历年月日。特此说明，以后不再为此加注。——编者注。

梁启超（1873—1929），字卓如，号任公、饮冰室主人。广东新会人。20世纪初中国新旧交替时代著名政治活动家、启蒙思想家、教育家、史学家和文学家，戊戌变法领袖之一，民国初年清华大学国学院四大导师之一。梁启超学术研究涉猎广泛，在哲学、文学、史学、经学、法学、伦理学、宗教学等领域均有建树，以史学研究成就最大，被公认为中国近代史上百科全书式的人物；其著作后被合编为《饮冰室合集》。

"知不可而为"主义与"为而不有"主义

梁启超

今天的讲题是两句很旧的话：一句是"知其不可而为之"，一句是"为而不有"。现在按照八股的做法，把它分作两股讲。

诸君读我的近二十年来的文章，便知道我自己的人生观是拿两样事情作基础：一是"责任心"，二是"兴味"。人生观是个人的，各人有各人的人生观。各人的人生观不必都是对的，不必于人人都合宜。但我想，一个人自己修养自己，总须拈出个见解，靠它来安身立命。我半生拿"责任心"和"兴味"这两样事情做我的生活资粮，我觉得于我很是合宜。

我是感情最富的人，我对于我的感情都不肯压抑，听其尽量发展，发展的结果常常得意外的调和。"责任心"和"兴味"都是偏于感情方面的多，偏于理智方面的很少。

"责任心"强迫把大担子放在肩上，是很苦的，"兴味"是很有趣的。二者在表面上恰恰相反，但我常把它们调和起来。所以我的生活虽说一方面是很忙乱的，很复杂的，他方面仍是很恬静的，很愉快的。我觉得世上有趣的事多极了，烦闷、痛苦、懊恼，我全没有。人生是可赞美的，可讴歌的，有趣的。我的见解便是：（1）孔子说的"知其不可而为之"；（2）老子的"为而不有"。

"知不可而为"主义、"为而不有"主义和近世欧美通行的功利主义根本反对。功利主义对于每做一件事之先必要问："为什么？"胡适《中国哲学史大纲》上讲墨子的哲学就是要问："为什么？""为而不有"主义便爽快地答道："不为什么。"功利主义对于每做一件事之后必要问："有什么效果？""知不可而为"主义便答道："不管它有没有效果。"

今天讲的并不是诋毁功利主义。其实凡是一种主义，皆有它的特点，不能以此非彼。从一方面看来，"知不可而为"主义容易奖励无意识之冲动，"为而不有"主义容易把精力消费于不经济的地方。这两种主义或者是中国物质文明进步之障碍也未可知，但在人类精神生活上却有绝大的价值，我们应该发明它、享用它。

"知不可而为"主义是我们做一件事明白知道它不能得着预料的效果，甚至于一无效果，但认为应该做的便热心做去。换一句话说，就是做事的时候把成功与失败的念头都撇开一边，一味埋头埋脑地去做。

这个主义如何能成立呢？依我想，成功与失败本来不过是相对的名词。一般人所说的成功不见得便是成功，一般人所说的失败不见得便是失败。天下事有许多从此一方面看说是成功，从另一方面看也可说是失败；从目前看可说是成功，从将来看也可说是失败。比方乡下人没见过电话，你让他去打电话，他一定以为对墙讲话，是没效果的，其实他方面已经得到电话，生出效果了；再如乡下人看见电报局的人在那里"乒乒乓乓"地打电报，一定以为很奇怪，没效果的，其实我们从他的手里已经把华盛顿会议的消息得到了。照这样看来，成败既无定形，这"可"与"不可"不同的根本先自不能存在了。孔子说："我则异于是，无可无不可。"他这句话似乎是很滑头，其实他是看出天下事无绝对的"可"与"不可"，即无绝对的成功与失败。别人心目中有"不可"这两个字，孔子却完全没有。"知不可而为"本来是晨门批评孔子的话，映在晨门眼帘上的孔子是"知不可而为"，实际上的孔子是"无可无不可而为"罢了。这是我的第一层的解释。

进一步讲，可以说宇宙间的事绝对没有成功，只有失败。成功这个名词，是表示圆满的观念；失败这个名词，是表示缺陷的观念。圆满就是宇宙进化的终点，到了进化终点，进化便休止，进化休止不消说是连生活都休止了。所以平常所说的成功与失败不过是指人类活动休息的一小段落。比方我今天讲演完了，就算我的成功；你们听完了，就算是你们的成功。

到底宇宙有圆满之期没有，到底进化有终止的一天没有，这仍是人类生活的大悬案。这场官司从来没有解决，因为没有这类的裁判官。据孔子的眼光看来，这是六合以外的事，应该"存而不论"。此种问题和"上帝之有无"是一样不容易解决的。我们不是超人，所以不能解决超人的问题。人不能自举其身，我们又何能拿人生以外的问题来解决人生的问题？人生是宇宙的小段片，孔子不讲超人的人生，只从小段片里讲人生。

人类在这条无穷无尽的进化长途中，正在迈脚蹒跚而行。自有历史以来，不过在这条路上走了一点，比到宇宙圆满时候还不知差几万万年哩！现在我们走的只是像体操教员刚叫了一声"开步走"，就想要得到多少万万年后的成功，岂非梦想？所以谈成功的人不是骗别人，简直是骗自己！

就事业上讲，说什么周公致太平，说什么秦始皇统一天下，说什么释迦牟尼普度众生。现在我们看看周公所致的太平到底在哪里？大家说是周公的成功，其实是他的失败。"六王毕，四海一"，这是说秦始皇统一天下了，但仔细看看，他所统一的到底在哪里？并不是说他传二世而亡，他的一份家当完了就算失败，只看从他以后，便有楚汉之争、三国分裂、五胡乱华、唐之藩镇、宋的辽金，就现在说，又有督军之割据，他的统一之功算成了吗？至于释迦牟尼，不但说没普度了众生，就是当时的印度人也未全被他普度。所以世人所说的一般大成功家，实在都是一般大失败家。再就学问上讲，牛顿发明引力，人人都说是科学上的大成功，但自爱斯坦①之相对论出，而牛顿转为失败，其实牛顿本没成功，不过我们没有见到就是了。近两年来欧美学界颂扬爱斯坦成功之快之大无比矣，我们没学问，不配批评，只配跟着讴歌，跟着崇拜。但照牛顿的例看来，他也算是失败，所以无论就学问上讲、就事实上讲，总一句话说：只有失败的，没有成功的。

人在无边的"宇"（空间）中，只是微尘，不断的"宙"（时间）中，只是段片。一个人无论能力多大，总有做不完的事。做不完的便留交后人，这好像一人忙极了，有许多事做不完，只好说："托别人做吧！"一人想包做一切事是不可能的，不过从全体中抽出几万万分之一点做做而已，但这如何能算是成功？若就时间论，一人所做的一段片正如"抽刀断水水更流"，也不得叫作成功。

孔子说"死而后已"，这个人死了那个人来继续。所以说继继绳绳，始能成大的路程。天下事无不可，天下事无成功。

然而人生这件事却奇怪得很，在无量数年中，无量数人所做的无量数事，个个都是不可，个个都是失败，照数学上零加零仍等于零的规律讲，合起来应该是个大失败，但许多的"不可"加起来却是一个"可"，许多的"失败"加起来却是一个"大成功"。这样看来也可说是上帝生人就是教人做失败事的。

---

①今译爱因斯坦（1879—1955），现代物理学的开创者和奠基人，相对论的创立者，1921 年获诺贝尔物理学奖。——编者注。

你想不失败吗？那除非不做事。但我们的生活便是事，起居饮食也是事，言谈思虑也是事，我们能到不做事的地步吗？要想不做事，除非不做人。佛劝人不做事，便是劝人不做人。如果不能不做人，非做事不可。这样看来普天下事都是"不可而为"的事，普天下人都是"不可而为"的人，不过孔子是"知不可而为"，一般人是"不知不可而为"罢了。

"不知不可而为"的人，遇事总要计算计算某事可成功，某事必失败，可成功的便去做，必失败的便躲避。自以为算盘打对了，其实全是自己骗自己。计算的总结与事实绝对不能相应，成败必至事后始能下判断的，若事前横计算竖计算，反减少人做事的勇气。在他挑选趋避的时候，十件事至少有八件事因为怕失败不去做了。

算盘打得精密的人，看着要失败的事都不敢做，而为势所迫，又不能不勉强去做，故常说："要失败啦，我本来不愿意做，不得已啦！"他有无限的忧疑、无限的惊恐，终日生活在摇荡苦恼里。算盘打得不精密的人，认为某件事要成功，所以在短时间内欢喜鼓舞地做去，到了半路上忽然发现他的成功希望是空的，或者做到结尾，不能成功的真相已经完全暴露，于是千万种烦恼、悲哀都凑上来了。精密的人不敢做、不想做，而又不能不做，结果固然不好；但不精密的人，起初喜欢去做，继后失败了灰心丧气地不做，比前一类人更糟些。

人生在世界是混混沌沌的，从这种境界里过数十年，那么，生活便只有可悲更无可乐。我们对于人生真可以诅咒，为什么人来世上做消耗面包的机器呢？若是怕没人吃面包，何不留以待虫类呢？这样的人生可真没一点价值了。

"知不可而为"的人怎样呢？头一层，他预料的便是失败，他的预算册子上件件都先把"失败"两个字摆在当头，用不着什么计算不计算，拣择不拣择。所以孔子一生一世只是"毋意，毋必，毋固，毋我"。"意"是事前猜度，"必"是先定其成败，"固"是先有成见，"我"是为我。孔子的意思就是说人不该猜度，不该先定事之成败，不该先有成见，不该为着自己。

第二层，我们既做了人，做了人既然不能不生活，所以不管生活是段片也罢，是微尘也罢，只要在这微尘生活、段片生活里，认为应该做的，便大踏步地去做，不必打算，不必犹豫。

孔子说："无适也，无莫也，义之与比。"又说："鸟兽不可与同群，吾非斯人之徒欤而谁欤？天下有道，丘不与易也。"这是绝对自由的生活。假设一个人常常打算何事应做，何事不应做，他本来想到街上散步，但一念及汽车撞死人，便不敢散步；他看见飞机很好，也想坐一坐，但一念及飞机摔死人，便不敢坐。这类人是自己禁住自己的自由了。要是外人剥夺自己的自由，自己还可以恢复；要是自己禁住自己的自由，可就不容易恢复了。"知不可而为"主义是使人将做事的自由大大地解放，不要做无为之打算，自己捆绑自己。

孔子说："知者不惑，仁者不忧，勇者不惧。"不惑就是明白，不忧就是快活，不惧就是壮健。反过来说，惑也，忧也，惧也，都是很苦的，人若生活于此中，简直是过监狱的生活。

　　遇事先计划成功与失败，岂不是一世在疑惑之中？遇事先怕失败，一面做一面愁，岂不是一世在忧愁之中？遇事先问失败了怎么样，岂不是一世在恐惧之中？

　　"知不可而为"的人只知有失败，或者可以说他们用的字典里从没有"成功"二字，那么，还有什么可惑、可忧、可惧呢？所以他们常把精神放在安乐的地方，所以一部《论语》开宗明义便说："不亦乐乎！""不亦悦乎！"用白话讲，便是："好呀！""好呀！"

　　孔子说："发愤忘食，乐以忘忧，不知老之将至。"可见他做事是自己喜欢的，并非有何种东西鞭策才做的，所以他不觉胡子已白了，还只管在那里做。他将人生观立在"知不可而为"上，所以事事都变成不亦乐乎，不亦悦乎。这种最高尚、最圆满的人生可以说是从"知不可而为"主义发生出来。我们如果能领会这种见解，即令不可至于乐乎悦乎的境地，至少也可以减去许多"惑""忧""惧"，将我们的精神放在安安稳稳的地位上，这样才算有味的生活，这样才值得生活。

　　第一股做完了，现在做第二股，仍照八股的做法，说几句过渡的话。"为而不有"主义与"知不可而为"主义，可以说是一个主义的两面。"知不可而为"主义可以说是"破妄返真"，"为而不有"主义可以说是"认真去妄"。"知不可而为"主义可使世界从烦闷至清凉，"为而不有"主义可使世界从极平淡上显出灿烂。

　　"为而不有"这句话，罗素解释得很好。他说人有两种冲动：一是占有冲动，二是创造冲动。这句话便是提倡人类的创造冲动的。他这些学说诸君谅已熟闻，不必我多讲了。

"为而不有"的意思是不以所有观念做标准，不因为所有观念始劳动，简单一句话，便是为劳动而劳动。这话与佛教说的"无我我所"相通。

常人每做一事，必要报酬，常把劳动当作利益的交换品，这种交换品只准自己独有，不许他人同有，这就叫作"为而有"。如求得金钱、名誉，因为"有"，才去"为"。有为一身有者，有为一家有者，有为一国有者。在老子眼中看来，无论为一身有，为一家有，为一国有，都算是为而有，都不是劳动的真目的。人生劳动应该不求报酬，你如果问他："为什么而劳动？"他便答道："不为什么。"再问："不为什么为什么劳动？"他便老老实实说："为劳动而劳动，为生活而生活。"

老子说："上仁为之而无以为。"韩非子给他解释得很好："生于其心之所不能已，非求其为报也。"简单说来，便是无所为而为。既无所为，所以只好说"为劳动而劳动，为生活而生活"，也可说是劳动的艺术化、生活的艺术化。

老子还说："既以为人己愈有，既以与人己愈多。"这是说我要帮助人，自己却更有，不致损减；我要给人，自己却更多，不致损减。这话也可作"为而不有"的解释。按实说，老子本来没存"有""无""多""少"的观念，不过假定差别相以示常人罢了。

在人类生活中最有势的便是占有性。据一般人的眼光看来，凡是为人的好像己便无。例如楚汉争天下，楚若为汉，楚便无；汉若为楚，汉便无。韩信、张良帮汉高的①忙谋皇帝，他们便无。凡是与人的好像己便少。例如我们到瓷器铺子里买瓶子，一个瓶子，他要四元钱，我们只给他三元半，他如果卖了，岂不是少得五角？岂不是既以与人己便少吗？这似乎是和己愈有己愈多的话相反。然自他一方面看来，譬如我今天讲给诸君听，总算与大家了，但我仍旧是有，并没减少。再如教员天天在堂上给大家讲，不特不能减其所有，反可得教学相长的益处。至若弹琴、唱歌给人听，也并没损失，且可使弹的、唱的更加熟练。文学家、诗人、画家、雕刻家、慈善家，莫不如此。即就打算盘论，帮助人的虽无实利，也可得精神上的愉快。

老子又说："含德之厚，比于赤子，赤于终日号而不嗄，和之至也。"他的意思就是说，成人应该和小孩子一样，小孩子天天在那里哭，小孩子并不知为什么而哭，无端地大哭一场，好像有许多痛心的事，其实并不为什么。成人亦然。问他为什么吃？答为饿。问他为什么饿？答为生理上必然的需要。再问他为什么生理上需要？他便答不出了。所以"为什么"是不能问的，如果事事问"为什么"，什么事都不能做了。

老子说"无为而无不为"，我们却只记得他的上半截的"无为"，把下半截的"无不为"忘掉了，这的确是大错。他的主义是不为什么而什么都做了，并不是说什么都不做。要是说什么

---

①原文如此。疑"汉高的"似应为"汉高帝"。——编者注。

都不做，那他又何必讲五千言的《道德经》呢？

"知不可而为"主义与"为而不有"主义都是要把人类无聊的计较一扫而空，喜欢做便做，不必瞻前顾后。所以归并起来，可以说这两种主义就是"无所为而为"主义，也可以说是生活的艺术化，把人类计较利害的观念变为艺术的情感。

这两种主义的概念演讲完了，我很希望它发扬光大推之于全世界。但要实行这种主义，须在社会组织改革以后。试看在俄国劳农政府之下，"知不可而为"和"为而不有"的人比从前多得多了。

社会之组织未变，社会是所有的社会，要想打破所有的观念，本非易事，因为人生在所有的社会上，受种种的牵掣，倘有人打破所有的观念，他立刻便缺乏生活的供给。比方做教员的，如果不要报酬，便立刻没有买书的费用。然假使有公共图书馆，教员又何必自己买书呢？中国人常喜欢自己建造花园，然而又没有钱，其势不得不用种种不正当的方法去找钱，这还不是由于中国缺少公共花园的缘故吗？假使中国仿照欧美建设许多极好看、极精致的公共花园，他们自然不去另造了。所以必须到社会组织改革之后，对于公众有种种供给时，才能实行这种主义。

虽是这样说法，我们一方面希望求得适宜于这种主义的社会，一方面在所处的混浊的社会中，还得把这种主义拿来寄托我们的精神生活，使它站在安慰清凉的地方。我看这种主义恰似青年修养的一副清凉散。我不是拿空话来安慰诸君，也不是勉强去左右诸君，它的作用着实是如此的。

最后我还要对青年进几句忠告。老子说"宠辱不惊"，这句话至关重要。现在的一般青年或为宠而惊，或为辱而惊。然为辱而惊的大家容易知道，为宠而惊的大家却不易知道。或者为宠而惊的比较为辱而惊的人的人格更为低下也说不定。"五四"以来，社会上对于青年可算是宠极了，然根底浅薄的人，其所受宠的害，恐怕比受辱的害更大吧。有些青年自觉会做几篇文章，便以为满足，其实与欧美比一比，那算得什么学问？徒增了许多虚荣心罢了。他们在报上出风头，不过是为眼前利害所鼓动，为虚荣心所鼓动，别人说成功，他们便自以为成功，岂知天下没成功的事？这些都是被成败利钝的观念所误了。

古人的这两句话，我希望现在的青年在脑子里多转几转，把它当作失败中的鼓舞，烦闷中的清凉，困倦中的兴奋。

（十一年十二月二十一日北京哲学社公开讲演）

胡　适（1891—1962），原名嗣穈，学名洪骍，字希疆；后改名胡适，字适之，笔名天风、藏晖等。安徽绩溪人。因提倡文学革命而成为新文化运动的领袖之一。历任北京大学教授、北京大学文学院院长、中华民国驻美利坚合众国特命全权大使、北京大学校长等职。胡适研究兴趣广泛，著述丰富，在文学、哲学、史学、考据学、教育学、伦理学、红学等诸多领域都有深入的研究，被誉为现代思想文化界最稳健、最优秀、最高瞻远瞩的哲人智者。

人生有何意义

胡　适

一、　答某君书

……我细读来书，终觉得你不免作茧自缚，你自己去寻出一个本不成问题的问题。"人生有何意义？"其实这个问题是容易解答的。人生的意义全是各人自己寻出来、造出来的：高尚、卑劣、清贵、污浊、有用、无用……全靠自己的作为。生命本身不过是一件生物学的事实，有什么意义可说？生一个人与一只猫、一只狗，有什么分别？人生的意义不在于何以有生，而在于自己怎样生活。你若情愿把这六尺之躯葬送在白昼做梦之上，那就是你这一生的意义。你若发愤振作起来，决心去寻求生命的意义，去创造自己的生命的意义，那么，你活一日便有一日的意义，做一事便添一事的意义。生命无穷，生命的意义也无穷了。

总之，生命本没有意义，你要能给它什么意义，它就有什么意义。与其终日冥想人生有何意义，不如试用此生做点有意义的事……

十七，一，廿七

二、 为人写扇子的话

知世如梦无所求，无所求心普空寂。
还似梦中随梦境，成就河沙梦功德。

王荆公小诗一首，真是有得于佛法的话。认得人生如梦，故无所求。但无所求不是无为。人生固然不过一梦，但一生只有这一场做梦的机会，岂可不努力做一个轰轰烈烈像个样子的梦？岂可糊糊涂涂懵懵懂懂混过这几十年吗？

十八，五，十三

（《胡适文存》）

胡适（1891—1962），原名嗣穈，学名洪骍，字希
疆；后改名胡适，字适之，笔名天风、藏晖等。安徽绩溪
人。因提倡文学革命而成为新文化运动的领袖之一。历任
北京大学教授、北京大学文学院院长、中华民国驻美利坚
合众国特命全权大使、北京大学校长等职。胡适研究兴趣
广泛，著述丰富，在文学、哲学、史学、考据学、教育学、
伦理学、红学等诸多领域都有深入的研究，被誉为现代思
想文化界最稳健、最优秀、最高瞻远瞩的哲人智者。

不 朽
——我的宗教
胡 适

不朽有种种说法，但是总括看来，只有两种说法是真有区
别的：一种是把"不朽"解作灵魂不灭的意思，一种就是《春
秋左传》上说的"三不朽"。

（一）神不灭论。宗教家往往说灵魂不灭，死后须受末日的
裁判：做好事的享受天国天堂的快乐，做恶事的要受地狱的苦
痛。这种说法，几千年来不但受了无数愚夫愚妇的迷信，居然
还受了许多学者的信仰。但是古往今来，也有许多学者对于灵
魂是否可离形体而存在的问题不能不发生疑问。最重要的如南
北朝人范缜的《神灭论》说："形者神之质，神者形之用。……
神之于质，犹利之于刀；形之于用，犹刀之于利。……舍利无
刀，舍刀无利。未闻刀没而利存，岂容形亡而神在？"宋朝的司

马光也说："形既朽灭，神亦飘散，虽有剉烧舂磨，亦无所施。"但是司马光说的"形既朽灭，神亦飘散"还不免把形与神看作两件事，不如范缜说得更透彻。范缜说人的神灵即是形体的作用，形体便是神灵的形质。正如刀子是形质，刀子的利钝是作用；有刀子方才有利钝，没有刀子便没有利钝。人有形体方才有作用，这个作用，我们叫作"灵魂"。若没有形体，便没有作用了，便没有灵魂了。范缜这篇《神灭论》出来的时候，惹起了无数人的反对。梁武帝叫了七十几个名士做论驳他，都没有什么真有价值的议论。其中只有沈约的《难神灭论》说："利若遍施四方，则利体无处复立；利之为用正存一边毫毛处耳。神之与形，举体若合，又安得同乎？若以此譬为尽耶，则不尽；若谓本不尽耶，则不可以为譬也。"这一段是说刀是无机体，人是有机体，故不能彼此相比。这话固然有理，但终不能推翻"神者形之用"的议论。近世唯物派的学者也说人的灵魂并不是什么无形体，独立存在的物事不过是神经作用的总名；灵魂的种种作用都即是脑部各部分的机能作用，若有某部被损伤，某种作用即时废止。人年幼时脑部不曾完全发达，神灵作用也不能完全；老年人脑部渐渐衰耗，神灵作用也渐渐衰耗。这种议论的大旨与范缜所说"神者形之用"正相同。但是有许多人总舍不得把灵魂打消了，所以咬住说灵魂另是一种神秘玄妙的物事，并不是神经的作用。这个"神秘玄妙"的物事究竟是什么，他们也说不出来，只觉得总应该有这么一件物事。既是"神秘玄妙"，自然不能用科学试验来证明它，也不能用科学试验来驳倒它。既然如此，我们只好用实验主义（Pragmatism）的方法，看这种学说的实际效果如何，以为评判的标准。依此标准看来，信神不灭论的固然也有好人，信神灭论的也未必全是坏人。即如司马光、范缜、赫胥黎一类的人，说不信灵魂不灭的话，何尝没有高尚的道德？更进一层说，有些人因为迷信天堂、天国、地狱、末日裁判，方才修德行善，这种修行全是自私自利的，也算不得真正道德。总而言之，灵魂灭不灭的问题于人生行为上实在没有什么重大影响，既没有实际的影响，简直可说是不成问题了。

（二）三不朽说。《左传》说的三种不朽是：第一，立德的不朽；第二，立功的不朽；第三，立言的不朽。"德"便是个人人格的价值，像墨翟、耶稣一类的人，一生刻意孤行，精诚勇猛，使当时的人敬爱信仰，使千百年后的人想念崇拜，这便是立德的不朽。"功"便是业，像哥仑布①发现美洲，像华盛顿造成美洲共和国，替当时的人开一新天地，替历史开一新纪元，替天下后世的人种下无量幸福的种子，这便是立功的不朽。"言"便是语言著作，像那《诗经》三百篇的许多无名诗人，又像陶潜、杜甫、萧士比亚②、易卜生一类的文学家，又像柏拉

---

①今译哥伦布（1451—1506），意大利航海家，开辟了横渡大西洋到美洲的航路。——编者注。

②今译莎士比亚（1564—1616），文艺复兴时期杰出的思想家、作家、戏剧家和诗人。——编者注。

图、卢骚①、弥儿②一类的哲学家，又像牛敦③、达尔文一类的科学家，或是作了几首好诗使千百年后的人欢喜感叹，或是作了几本好戏使当时的人鼓舞感动，使后世的人发愤兴起，或是创出一种新哲学，或是发明了一种新学说，或在当时发生思想的革命，或在后世影响无穷，这便是立言的不朽。总而言之，这种不朽说不问人死后灵魂能不能存在，只问他的人格、他的事业、他的著作有没有永远存在的价值。即如基督教徒说耶稣是上帝的儿子，他的神灵永远存在，我们正不用驳这种无凭据的神话，只说耶稣的人格、事业和教训都可以不朽，又何必说那些无谓的神话呢？又如孔教会的人每到了孔丘的生日，一定要举行祭孔的典礼，还有些人学那"朝山进香"的法子，要赶到曲阜孔林去对孔丘的神灵表示敬意！其实孔丘的不朽全在他的人格与教训，不在他那"在天之灵"。大总统多行两次丁祭，孔教会多行两次"朝山进香"，就可以使孔丘格外不朽了吗？更进一步说，像那《三百篇》里的诗人，也没有姓名，也没有事实，但是他们都可说是立言的不朽。为什么呢？因为不朽全靠一个人的真价值，并不靠姓名事实的流传，也不靠灵魂的存在。

---

①今译卢梭（1712—1778），法国伟大的启蒙思想家、哲学家、教育家、文学家。——编者注。

②今译密尔（1806—1873），英国哲学家、经济学家、逻辑学家，实证主义和功利主义的著名代表。——编者注。

③今译牛顿（1643—1727），英国物理学家、数学家、天文学家等。他发现的运动三定律和万有引力定律为近代物理学和力学奠定了基础。——编者注。

试看古往今来的多少大发明家，那发明火的，发明养蚕的，发明缫丝的，发明织布的，发明水车的，发明舂米的水碓的，发明规矩的，发明秤的……虽然姓名不传，事实湮没，但他们的功业永远存在，他们也就都不朽了。这种不朽比那个人的小小灵魂的存在，可不是更可宝贵、更可羡慕吗？况且那灵魂的有无还在不可知之中，这三种不朽——德、功、言——可是实在的，这三种不朽可不是比那灵魂的不灭更靠得住吗？

以上两种不朽论，依我个人看来，不消说的，那"三不朽说"是比那"神不灭说"好得多了，但是那"三不朽说"还有三层缺点，不可不知。第一，照平常的解说看来，那些真能不朽的人只不过那极少数有道德、有功业、有著述的人，还有那无量平常人难道就没有不朽的希望吗？世界上能有几个墨翟、耶稣，几个哥仑布、华盛顿，几个杜甫、陶潜，几个牛敦、达尔文呢？这岂不成了一种"寡头"的不朽论吗？第二，这种不朽论单从积极一方面着想，但没有消极的裁制。那种灵魂的不朽论既说有天国的快乐，又说有地狱的苦楚，是积极、消极两方面都顾着的。如今单说立德可以不朽，不立德又怎样呢？立功可以不朽，有罪恶又怎样呢？第三，这种不朽论所说的"德、功、言"三件，范围都很含糊。究竟怎样的人格方才可算是"德"呢？怎样的事业方才可算是"功"呢？怎样的著作方才可算是"言"呢？我且举一个例。哥仑布发现美洲固然可算得立了不朽之功，但是他船上的水手、火头又怎样呢？他那只船的造船工人又怎样呢？他船上用的罗盘、器械的制造工人又怎样呢？他所读的书的著作者又怎样呢？……举这一条例，已可见"三不朽"的界限含糊不清了。

因为要补足这三层缺点，所以我想提出第三种不朽论来请大家讨论。我一时想不起别的好名字，姑且称它作"社会的不朽论"。

（三）社会的不朽论。社会的生命，无论是看纵剖面，是看横截面，都像一种有机的组织。从纵剖面看来，社会的历史是不断的，前人影响后人，后人又影响更后人，没有我们的祖宗和那无数的古人，又哪里有今日的我和你？没有今日的我和你，又哪里有将来的后人？没有那无数的个人，便没有历史，但是没有历史，那无数的个人也绝不是那个样子的个人。总而言之，个人造成历史，历史造成个人。从横截面看来，社会的生活是交互影响的：个人造成社会，社会造成个人；社会的生活全靠个人分工合作地生活，但个人的生活无论如何不同，都脱不了社会的影响；若没有那样这样的社会，绝不会有这样那样的我和你；若没有无数的我和你，社会也绝不是这个样子。来勃尼慈（Leibnitz）① 说得好：

> 这个世界乃是一片大充实（Plenum，为真空 Vacuum 之对），其中一切物质都是接连着的。一个大充实里面有一点变动，全部的物质都要受影响，影响的程度与物体距离的

---

①今译莱布尼茨（1646—1716），德国哲学家和数学家。其著作有《单子论》（*Monadology*）等。——编者注。

远近成正比例。世界也是如此。每一个人不但直接受他身边亲近的人的影响，并且间接又间接地受距离很远的人的影响。所以世间的交互影响，无论距离远近，都受得着的。所以世界上的人，每人受着全世界一切动作的影响。如果他有周知万物的智慧，他可以在每人的身上看出世间一切施为，无论过去未来都可看得出，在这一个现在里面便有无穷时间空间的影子。（见 *Monadology* 第六十一节）

从这个交互影响的社会观和世界观上面，便生出我所说的"社会的不朽论"来。我这"社会的不朽论"的大旨是：

我这个"小我"不是独立存在的，是和无量数小我有直接或间接的交互关系的，是和社会的全体和世界的全体都有互为影响的关系的，是和社会、世界的过去和未来都有因果关系的。种种从前的因，种种现在无数"小我"和无数他种势力所造成的因，都成了我这个"小我"的一部分。我这个"小我"，加上了种种从前的因，又加上了种种现在的因，传递下去，又要造成无数将来的"小我"。这种种过去的"小我"，和种种现在的"小我"，和种种将来无穷的"小我"，一代传一代，一点加一滴，一线相传，连绵不断，一水奔流，滔滔不绝——这便是一个"大我"。"小我"是会消灭的，"大我"是永远不灭的。"小我"是有死的，"大我"是永远不死，永远不朽的。"小我"虽然会死，但是每一个"小我"

的一切作为，一切功德罪恶，一切语言行事，无论大小，无论是非，无论善恶，——都永远留存在那个"大我"之中。那个"大我"，便是古往今来一切"小我"的纪功碑、彰善祠、罪状判决书、孝子慈孙百世不能改的恶谥法。这个"大我"是永远不朽的，故一切"小我"的事业，人格，一举一动，一言一笑，一个念头，一场功劳，一桩罪过，也都永远不朽。这便是社会的不朽，"大我"的不朽。

那边"一座低低的土墙，遮着一个弹三弦的人"。那三弦的声浪，在空间起了无数波澜；那被冲动的空气质点，直接间接冲动无数旁的空气质点；这种波澜由近而远，至于无穷空间，由现在而将来，由此刹那以至于无量刹那，至于无穷时间——这已是不灭不朽了。那时间，那"低低的土墙"外边来了一位诗人，听见那三弦的声音，忽然起了一个念头；由这一个念头，就成了一首好诗；这首好诗传诵了许多人；人读了这诗，各起种种念头；由这种种念头，更发生无量数的念头，更发生无数的动作，以至于无穷。然而那"低低的土墙"里面那个弹三弦的人又如何知道他所发生的影响呢？

一个生肺病的人在路上偶然吐了一口痰，那口痰被太阳晒干了，化为微尘，被风吹起空中，东西飘散，渐吹渐远，至于无穷时间，至于无穷空间。偶然一部分的病菌被体弱的人呼吸进去，便发生肺病，由他一身传染一家，更由一家传染无数人家。如此辗转传染，至于无穷空间，至于无穷时间。然而那先前吐痰的人的骨头早已腐烂了，他又如何知道他所种的恶果呢？

一千五六百年前有一个人叫作范缜，说了几句话道："神之于形，犹利之于刀；未闻刀没而利存，岂容形亡而神在？"这几句话在当时受了无数人的攻击。到了宋朝有个司马光把这几句话记在他的《资治通鉴》里。一千五六百年之后，有一个十一岁的小孩子——就是我——看《通鉴》看到这几句话，心里受了一大感动，后来便影响了他半生的思想行事。然而那说话的范缜早已死了一千五百年了！

二千六七百年前，在印度地方有一个穷人病死了，没人收尸，尸首暴露在路上，已腐烂了。那边来了一辆车，车上坐着一个王太子，看见了这个腐烂发臭的死人，心中起了一念，由这一念，辗转发生无数念。后来那位王太子把王位也抛了，富贵也抛了，父母妻子也抛了，独自去寻思一个解脱生老病死的方法。后来这位王子便成了一个教主，创了一种哲学的宗教，感化了无数人。他的影响势力至今还在，将来即使他的宗教全灭了，他的影响势力终久还存在，以至于无穷。这可是那腐烂发臭的路毙所曾梦想到的吗？

以上不过是略举几件事，说明上文说的"社会的不朽""大我的不朽"。这种不朽论，总而言之，只是说个人的一切功德罪恶，一切言语行事，无论大小好坏，一一都留下一些影响在那个"大我"之中，一一都与这永远不朽的"大我"一同永远不朽。

上文我批评那"三不朽论"的三层缺点：第一，只限于极少数的人；第二，没有消极的裁制；第三，所说"功、德、言"

的范围太含糊了。如今所说"社会的不朽"，其实只是把那"三不朽论"的范围更推广了。既然不论事业功德的大小，一切都可不朽，那第一、第三两层短处都没有了。冠绝古今的道德功业固可以不朽，那极平常的"庸言庸行"，油盐柴米的琐屑，愚夫愚妇的细事，一言一笑的微细，也都永远不朽。那发现美洲的哥仑布固可以不朽，那些和他同行的水手、火头，造船的工人，造罗盘、器械的工人，供给他粮食、衣服、银钱的人，他所读的书的著作家，生他的父母，生他父母的父母、祖宗，以及生育训练那些工人、商人的父母、祖宗，以及他以前和同时的社会……都永远不朽。社会是有机的组织，那英雄伟人可以不朽，那挑水的，烧饭的，甚至于浴堂里替你擦背的，甚至于每天替你家淘粪倒马桶的，也都永远不朽。至于那第二层缺点，也可免去。如今说立德不朽，行恶也不朽；立功不朽，犯罪也不朽；"流芳百世"不朽，"遗臭万年"也不朽；功德盖世固是不朽的善因，吐一口痰也有不朽的恶果。我的朋友李守常①先生说得好："稍一失脚，必致遗留层层罪恶种子于未来无量的人——未来无量的我——永不能消除，永不能忏悔。"这就是消极的裁制了。

　　中国儒家的宗教提出一个父母的观念和一个祖先的观念来做人生一切行为的裁制力。所以说："一出言而不敢忘父母，一举足而不敢忘父母。"父母死后，又用丧礼、祭礼等见神见鬼的

---

　　①即李大钊。——编者注。

方法时刻提醒这种人生行为的裁制力。所以又说："斋明盛服，以承祭祀，洋洋乎如在其上，如在其左右。"又说："斋三日，则见其所为斋者；祭之日，入室，僾然必有见乎其位；周还出户，肃然必有闻乎其容声；出户而听，忾然必有闻乎其叹息之声。"这都是"神道设教"、见神见鬼的手段。这种宗教的手段在今日是不中用了。还有那种"默示"的宗教、神权的宗教、崇拜偶像的宗教，在我们心里也不能发生效力，不能裁制我们一生的行为。以我个人看来，这种"社会的不朽"观念很可以做我的宗教了。我的宗教的教旨是：

> 我这个现在的"小我"，对于那永远不朽的"大我"的无穷过去，须负重大的责任；对于那永远不朽的"大我"的无穷未来，也须负重大的责任。我须要时时想着，我应该如何努力利用现在的"小我"，方才可以不辜负了那"大我"的无穷过去，方才可以不贻害那"大我"的无穷未来？

（跋）　这篇文章的主意是民国七年年底当我的母亲丧事里想到的。那时只写成一部分，到八年二月十九日方才写定付印。后来俞颂华先生在报纸上指出我论社会是有机体一段很有语病，我觉得他的批评很有理，故九年二月间我用英文发表这篇文章时，我就把那一段完全改过了。十年五月，又改定中文原稿，并记作文与修改的缘起于此。

（《胡适文存》）

胡　适（1891—1962），原名嗣穈，学名洪骍，字希
疆；后改名胡适，字适之，笔名天风、藏晖等。安徽绩溪
人。因提倡文学革命而成为新文化运动的领袖之一。历任
北京大学教授、北京大学文学院院长、中华民国驻美利坚
合众国特命全权大使、北京大学校长等职。胡适研究兴趣
广泛，著述丰富，在文学、哲学、史学、考据学、教育学、
伦理学、红学等诸多领域都有深入的研究，被誉为现代思
想文化界最稳健、最优秀、最高瞻远瞩的哲人智者。

科学的人生观

胡　适

今天讲的题目，就是"科学的人生观"，研究人是什么东
西，在宇宙中占据什么地位，人生究竟有何意味。因为少年人
近来觉得很烦闷，自杀、颓废的都有，我比较至少多吃了几斤
盐、几担米，所以来计划计划，研究自身人的问题。至于人生
观，各人不同，都随环境而改变，不可以一个人的人生观去统
理一切，因为公有公理，婆有婆理，我们至少要以科学的立场
去研究它，解决它。"科学的人生观"有两个意思：第一，拿科
学做人生观的基础；第二，拿科学的态度、精神、方法做我们
生活的态度、生活的方法。

现在先讲第一点，就是人生是什么？人生是啥物事？拿科
学的研究结果来讲，我在民国十二年发表了十条，这十条就是
武昌有一个主教称为新的《十诫》，说我是中华基督教的危险物

的。十条内容如下：

（一）要知道空间的大。拿天文、物理考察，得着宇宙之大。从前孙行者翻筋斗，一翻翻到南天门，一翻翻到下界，天的观念何等的小？现在从地球到银河中间的最近一个星，中间距离，照孙行者一秒钟翻十万八千里的速率计算，恐怕翻一万万年也翻不到，宇宙是何等的大？地球是宇宙间的沧海之一粟，九牛之一毛，我们人类更是小，真是不成东西的东西！以前看得人的地位太重了，以为是万物之灵，同大地并行，凡是政治不良，就有彗星、地震的征象，这是错的。从前王充很能见得到，说："一个虮子不能改变那裤子里的空气，和那人类不能改变皇天一样。"所以我们眼光要大。

（二）时间是无穷的长。从地质学、生物学的研究，晓得时间是无穷的长。以前开口五千年，闭口五千年，以为目空一切，不料世界太阳系的存在有几万万年的历史，地球也有几万万年，生物至少有几千万年，人类也有二三百万年，所以五千年占很小的地位。明白了时间之长，就可以看见各种进步的演变，不是上帝一刻可以造成的。

（三）宇宙间自然的行动。根据了一切科学，知道宇宙、万物都有一定不变的自然行动。"自然自己，也是如此"，就是自己自然如此，各物自己如此行动，并没有一种背后的指示，或是一个主宰去规范它们。明白了这点，对于月食是月亮被天狗所吞的种种迷信，可以打破了。

（四）物竞天择的原理。从生物学的知识，可以看到物竞天择的原理。鲫鱼下卵有几百万个，但是变鱼的只有几个，否则就要变成"鱼世界"了！大的吃小的，小的又吃更小的，人类都是如此。从此晓得人生不受安排，是自己如此行动，否则要安排起来，为什么不安排一个完善的世界呢？

（五）人是什么东西。从社会学、生理学、心理学方面去看，人是什么东西？吴稚晖先生说："人是两手一个大脑的动物，与其他的不同，只在程度上的区别罢了。"人类的手，与鸡、鸭的掌差不多，实是它们的弟兄辈。

（六）人类是演进的。根据了人种学来看，人类是演进的。因为要应付环境，所以要慢慢地变，不变不能生存，要灭亡了。所以从下等的动物慢慢演进到高等的动物，现在还是演进。

（七）心理受因果律的支配。根据心理学、生物学来讲，心理现状是有因果律的。思想、做梦都受因果律的支配，是心理、生理的现象，和头痛一般；所以人的心理说是超过一切，是不对的。

（八）道德、礼教的变迁。照生理学、社会学来讲，人类道德、礼教也是变迁的。以前以为脚小是美观，但是现在脚小要装大了。所以道德、礼教的观念正在改进。以二十年、二百年或二千年以前的标准来判断二十年、二百年、二千年以后的状况，是格格不相入的。

（九）各物都有反应。照物理、化学来讲，物质是活的，原子分为电子，是动的。石头倘然加了化学品，就有反应，像人打了一记就有反应一样。不同的，只在程度不同罢了。

（十）人的不朽。根据一切科学知识，人是要死的，物质上的腐败，和猫死狗死一般，但是个人不朽的工作是功德，在立德、立功、立言。善恶都是不朽。一块痰中，有微生物，这菌能散布到空间，使空气都恶化了；人的言语，也是一样。凡是功业、思想，都能传之无穷；匹夫匹妇，都有其不朽的存在。

我们要看破人世间，时间之伟大，历史的无穷，人是最小的动物，处处都在演进，要去掉那小我的主张，但是那小小的人类，居然现在对于制度、政治各种都有进步。

以前都是拿科学去答复一切，现在要用什么方法去解决人生，就是哪样生活？各人有各人的方法，但是，至少要有那科学的方法、精神、态度去做。分四点来讲：

（一）怀疑。第一点是怀疑。三个弗相信的态度，人生问题就很多。有了怀疑的态度，就不会上当。以前我们幼时的知识，都从阿金、阿狗、阿毛等黄包车夫、娘姨处学来，但是现在自己要反省，问问以前的知识是否靠得住？……

（二）事实。我们要实事求是，现在像贴贴标语，什么打倒田中义一①等，都仅务虚名，像豆腐店里生意不好，看看"对我生财"泄闷一样。又像是以前的画符，一画符病就好的思想。贴了打倒帝国主义，帝国主义就真个打倒了吗？这不对，我们

①田中义一（1864—1929），日本第26任首相，曾长期在日本政军两界呼风唤雨。——编者注。

应做切实的工作，奋力地做去。

（三）证据。怀疑以后，相信总要相信，但是相信的条件，就是拿凭据来。有了这一句，论理学诸书，都可以不读。赫胥尔的儿子死了以后，宗教家去劝他信教，但是他很坚决地说："拿有上帝的证据来。"有了这种态度，就不会上当。

（四）真理。朝夕地去求真理，不一定要成功，因为真理无穷，宇宙无穷；我们去寻求，是尽一点责任，希望在总分上加上万万分之一。胜固是可喜，败也不足忧。明知赛跑只有一个人第一，我们还要跑去，不是为我为私，是为大家。发明不是为发财，是为人类。英国有一个医生发明了一种治肺病的药，但是因为自秘，就被医学会开除了。

所以科学家是为求真理。庄子虽有"吾生也有涯，而知也无涯，以有涯逐无涯，殆己"的话头，但是我们还要向上做去，得一分就是一分，一寸就是一寸，可以有阿基米德氏发现浮力时叫 Eureka 的快活。有了这种精神，做人就不会失望。所以人生的意味，全靠你自己的工作，你要它圆就圆，方就方，是有意味；因为真理无穷，趣味无穷，进步快活也无穷尽。

胡　适（1891—1962），原名嗣穈，学名洪骍，字希疆；后改名胡适，字适之，笔名天风、藏晖等。安徽绩溪人。因提倡文学革命而成为新文化运动的领袖之一。历任北京大学教授、北京大学文学院院长、中华民国驻美利坚合众国特命全权大使、北京大学校长等职。胡适研究兴趣广泛，著述丰富，在文学、哲学、史学、考据学、教育学、伦理学、红学等诸多领域都有深入的研究，被誉为现代思想文化界最稳健、最优秀、最高瞻远瞩的哲人智者。

新生活

胡　适

哪样的生活可以叫作新生活呢？

我想来想去，只有一句话：新生活就是有意思的生活。

你听了，必定要问我，有意思的生活又是什么样子的生活呢？

我且先说一两件实在的事情做个样子，你就明白我的意思了。

前天你没有事做，闲得不耐烦了，你跑到街上一个小酒店里，打了四两白干，喝完了，又要四两，再添上四两。喝得大醉了，同张大哥吵了一回嘴，几乎打起架来。后来李四哥来把你拉开，你气愤愤地又要了四两白干，喝得人事不知，幸亏李四哥把你扶回去睡了。昨儿早上，你酒醒了，大嫂子把前天的事告诉你，你懊悔得很，自己埋怨自己："昨儿为什么要喝那么多酒呢？可不是糊涂吗？"

你赶上张大哥家去，作了许多揖，赔了许多不是，自己怪自己糊涂，请张大哥大量包涵。正说时，李四哥也来了，王三哥也来了。他们三缺一，要你陪他们打牌。你坐下来，打了十二圈牌，输了一百多吊钱。你回得家来，大嫂子怪你不该赌博，你又懊悔得很，自己怪自己道："是呵，我为什么要陪他们打牌呢？可不是糊涂吗？"

诸位，像这样子的生活，叫作糊涂生活，糊涂生活便是没有意思的生活。你做完了这种生活，回头一想："我为什么要这样干呢？"你自己也回不出究竟为什么。

诸位，凡是自己说不出"为什么这样做"的事，都是没有意思的生活。

反过来说，凡是自己说得出"为什么这样做"的事，都可以说是有意思的生活。

生活的"为什么"，就是生活的意思。

人同畜生的分别，就在这个"为什么"上。你到万牲园里去看那白熊一天到晚摆来摆去不肯歇，那就是没有意思的生活。我们做了人，应该不要学那些畜生的生活。畜生的生活只是糊涂，只是胡混，只是不晓得自己为什么如此做。一个人做的事应该件件事回得出一个"为什么"。

我为什么要干这个？为什么不干那个？回答得出，方才可算是一个人的生活。

我们希望中国人都能做这种有意思的新生活。其实这种新生活并不十分难，只消时时刻刻问自己为什么这样做，为什么不那样做，就可以渐渐地做到我们所说的新生活了。

诸位，千万不要说"为什么"这三个字是很容易的小事。你打今天起，每做一件事，便问一个为什么——为什么不把辫子剪了？为什么不把大姑娘的小脚放了？为什么大嫂子脸上搽那么多的脂粉？为什么出棺材要用那么多叫花子？为什么娶媳妇也要用那多叫花子？为什么骂人要骂他的爹妈？为什么这个？为什么那个？——你试办一两天，你就会晓得这三个字的趣味真是无穷无尽，这三个字的功用也无穷无尽。

诸位，我们恭恭敬敬地请你们来试试这种新生活。

民国八年八月

（《胡适文存》）

胡适 (1891—1962)，原名嗣穈，学名洪骍，字希疆；后改名胡适，字适之，笔名天风、藏晖等。安徽绩溪人。因提倡文学革命而成为新文化运动的领袖之一。历任北京大学教授、北京大学文学院院长、中华民国驻美利坚合众国特命全权大使、北京大学校长等职。胡适研究兴趣广泛，著述丰富，在文学、哲学、史学、考据学、教育学、伦理学、红学等诸多领域都有深入的研究，被誉为现代思想文化界最稳健、最优秀、最高瞻远瞩的哲人智者。

少年中国之精神

胡 适

前番太炎先生话里面说现在青年的四种弱点，都是很可使我们反省的。他的意思是要我们少年人：第一，不要把事情看得太容易了；第二，不要妄想凭借已成的势力；第三，不要虚慕文明；第四，不要好高骛远。这四条都是消极的忠告，我现在且从积极一方面提出几个观念，和各位同志商酌。

一、 少年中国的逻辑

逻辑即是思想、辩论、办事的方法。一般中国人现在最缺乏的就是一种正当的方法，因为方法缺乏，所以有下列的几种现象：第一，灵异鬼怪的迷信，如上海的盛德坛及各地的各种迷信；第二，谩骂无理的议论；第三，用诗云子曰作根据的议论；第四，把西洋古人当作无上真理的议论。还有一种平常人不很注意的怪状，我且称它为"目的热"，就是迷信一些空虚的大话，认为高尚的目的，全不问这种观念的意义究竟如何。今天有人说"我主张统一和平"，大家齐声喝彩，就请他做内阁总理；明天又有人说"我主张和平统一"，大家又齐声叫好，就举他做大总统；此外还有什么"爱国"哪，"护法"哪，"孔教"哪，"卫道"哪……许多空虚的名词，意义不曾确定，也都有许多人随声附和，认为天经地义，这便是我所说的"目的热"。以上所说各种现象都是缺乏方法的表示。我们既然自认为"少年中国"，不可不有一种新方法，这种新方法，应该是科学的方法。科学方法不是我在这短促时间里所能详细讨论的，我且略说科学方法的要点：

（一）注重事实。科学方法是用事实作起点的，不要问孔子怎么说，柏拉图怎么说，康德怎么说，我们需要先从研究事实下手，凡游历、调查、统计等事都属于此项。

（二）注重假设。单研究事实，算不得科学方法。王阳明对着庭前的竹子做了七天的"格物"功夫，格不出什么道理来，反病倒了，这是笨伯的"格物"方法。科学家最重"假设"（Hypothesis）。观察事物之后，自说有几个假定的意思，我们应该把每一个假设所含的意义彻底想出，看那意义是否可以解释所观察的事实，是否可以解决所遇的疑难。所以要博学。正是因为博学，方才可以有许多假设，学问只是供给我们种种假设的来源。

（三）注重证实。许多假设之中，我们挑出一个认为最合用的假设，但是这个假设是否真正合用，必须实地证明。有时候，证实是很容易的；有时候，必须用"试验"方才可以证实。证实了的假设方可说是"真"的，方才可用。一切古人今人的主张、东哲西哲的学说，若不曾经这一层证实的功夫，只可作为待证的假设，不配认作真理。

少年的中国，中国的少年，不可不时时刻刻保存这种科学的方法、实验的态度。

二、 少年中国的人生观

现在中国有几种人生观都是"少年中国"的仇敌：第一种是醉生梦死的无意识生活，固然不消说了。第二种是退缩的人生观，如静坐会的人，如坐禅学佛的人，都只是消极的缩头主义。这些人没有生活的胆子，不敢冒险，只求平安，所以变成一班退缩懦夫。第三种是野心的投机主义，这种人虽不退缩，但为完全自己的私利起见，所以他们不惜利用他人做他们自己的器具，不惜牺牲别人的人格和自己的人格来满足自己的野心；到了紧要关头，不惜作伪，不惜作恶，不顾社会的公共幸福，以求达他们自己的目的。这三种人生观都是我们该反对的。少年中国的人生观，依我个人看来，该有下列的几种要素：

（一）须有批评的精神。一切习惯、风俗、制度的改良，都起于一点批评的眼光。个人的行为和社会的习俗都最容易陷入机械的习惯，到了"机械的习惯"的时代，样样事都不知不觉地做去，全不理会何以要这样做，只晓得人家都这样做，故我也这样做，这样的个人便成了无意识的两脚机器，这样的社会便成了无生气的守旧社会。我们如果发愿要造成少年的中国，第一步便须有一种批评的精神；批评的精神不是别的，就是随时随地都要问我为什么要这样做？为什么不那样做？

（二）须有冒险进取的精神。我们须要认定这个世界是有很多危险的，定不太平的，是需要冒险的。世界的缺点很多，是要我们来补救的；世界的痛苦很多，是要我们来减少的；世界的危险很多，是要我们来冒险进取的。俗语说得好："成人不自在，自在不成人。"我们要做一个人，岂可贪图自在；我们要想造一个"少年的中国"，岂可不冒险。这个世界是给我们活动的大舞台，我们既上了台，便应该老着面皮，硬着头皮，大着胆子，干将起来。那些缩进后台去静坐的人都是懦夫，那些袖着双手只会看戏的人，也都是懦夫。这个世界岂是给我们静坐旁观的吗？那些厌恶这个世界，梦想超生别的世界的人，更是懦夫，不用说了。

（三）须有社会协进的观念。上条所说的冒险进取并不是野心的，自私自利的。我们既认定这个世界是给我们活动的，又须认定人类的生活全是社会的生活，社会是有机的组织，全体影响个人，个人影响全体，社会的活动是互助的，你靠他帮忙，他靠你帮忙，我又靠你同他帮忙，你同他又靠我帮忙。你少说了一句话，我或者不是我现在的样子；我多尽了一分力，你或者也不是你现在这个样子；我和你多尽了一分力，或少做了一点事，社会的全体也许不是现在这个样子。这便是社会协进的观念。有这个观念，我们自然把人人都看作通力合作的伴侣，自然会尊重人人的人格了；有这个观念，我们自然觉得我们的一举一动都和社会有关，自然不肯为社会造恶因，自然要努力为社会种善果，自然不致变成自私自利的野心投机家了。

少年的中国，中国的少年，不可不时时刻刻保存这种批评的、冒险进取的、社会的人生观。

三、 少年中国的精神

少年中国的精神并不是别的，就是上文所说的逻辑和人生观。我且说一件故事做我这番谈话的结论：诸君读过英国史的，一定知道英国前世纪有一种宗教革新的运动，历史上称为"牛津运动"（The Oxford Movement）①。这种运动的几个领袖如客白尔（Keble）②、纽曼（Newman）③、福鲁德（Froude）④ 诸人，痛恨英国国教的腐败，想大大地改革一番。这个运动未起事之先，这几位领袖作了一些宗教性的诗歌写在一个册子上，纽曼摘了一句荷马的诗题在册子上，那句诗是：You shall see the difference now that we are back again! 翻译出来即是："如今我们

---

①牛津运动，是19世纪中期由英国牛津大学部分教授发动的宗教复兴运动，又称书册派运动。该运动主张恢复教会昔日的权威和早期的传统，保留罗马天主教的礼仪。——编者注。

②今译约翰·基布尔（1792—1866），英国圣公会教士、诗人，为牛津运动核心人物之一。——编者注。

③约翰·亨利·纽曼（1801—1890），英国基督教圣公会内部牛津运动领袖，后改奉天主教。——编者注。

④今译弗洛德。——编者注。

回来了，你们看便不同了!"

　　少年的中国，中国的少年，我们也该时时刻刻记着这句话：

　　　　如今我们回来了，你们看便不同了!

　　这便是少年中国的精神。

　　　　　　　　　　　　　　（1919 年 7 月在少年中国学会上的演讲）

蔡元培（1868—1940），字鹤卿。浙江绍兴人。20世纪中国杰出的教育家、思想家和民主主义革命家。1901年出任中国教育会会长。1908年赴德留学，1911年回国。1912年出任中华民国首任教育总长，同年7月辞职，9月旅居德国，1916年冬回国，出任北京大学校长。1928年起任中央研究院首任院长。蔡元培先生毕生倡导教育救国、学术救国和科学救国，推动中国的思想启蒙和文化复兴。

我的新生活观

蔡元培

什么叫旧生活？是枯燥的，是退化的。什么叫新生活？是丰富的，是进步的。

旧生活的人，是一部分不工作又不求学的，终日把吃、着、嫖、赌作消遣，物质上一点也没有生产，精神上也一点没有长进。又一部分是整日做苦工，没有机会求学。身体上疲乏得了不得，所做的工是事倍功半；精神上得过且过，岂不是枯燥的吗？不做工的人，体力是逐渐衰退了；不求学的人，心力又逐渐萎靡了。一代传一代，更衰退，更萎靡。岂不全是退化的吗？

新生活是每一个人每日有一定的工作，又有一定的时候求学，所以制品日日增加，还不是丰富的吗？工是愈练愈熟的，熟了出产必能加多，而且"熟能生巧"，就能增出新工作来。学是有一部分讲现在做工的道理，懂了这个道理，工作必能改良；

又有一部分讲别种工作的道理，懂了那种道理，又可以改良别种的工。从简单的工改到复杂的工，从容易的工改到繁难的工，从出产较少的工改到出产较多的工。而且有一种学问，虽然与工作没有直接的关系，但是学了以后，眼光一日一日地远大起来，心地一日一日地平和起来，生活上无形增进许多幸福，这不还是进步的吗？

要是有一个人肯日日做工，日日求学，便是一个新生活的人；有一个团体里面的人，都是日日工作，日日求学，便是一个新生活的团体；全世界的人都是日日工作，日日求学，那就是新生活的世界了。

吴稚晖（1865—1953），原名眺，后名敬恒，字稚晖。国民党四大元老之一，中央研究院院士，著名书法家。1891年（光绪辛卯科）举人。1901年东渡日本，1903年西至英、法留学。1905年加入同盟会，辛亥革命后回国。1924年起任国民党中央监察委员、国民政府委员等职。1963年被联合国教科文组织授予"世界学术文化伟人"称号。吴稚晖学贯中西，通英、法、德、日四国文字，其著述后被辑为《吴稚晖全集》。

我的人生观

吴稚晖

　　各位先生，这一回青年会举行第二届学术演讲，头一回就派到兄弟担任，真是荣幸之至！兄弟学植荒疏，年纪大了，记忆力也不行，学术不能讲，只算是跑龙套开头，跟着大家赶赶热闹，这一点要请诸位体谅！

　　今天的题目是"我的人生观"。人生观很不容易谈，好在这人生观是"我的"，我就随便瞎说"我的"，随便我怎样观就是了。我想起陈先生要我讲宗教问题，我以为宗教问题无非是有神无神的问题，究竟有神还是无神，没有人能肯定答复。这问题很大，我也没有这种野心去讨论，我只能谈谈我自己的人生观。

　　至于我自己的人生观，我总想不明白，我想了几年，差不多天天想，还是想不明白，就是想了几十年也是没有用。到如今我仍抱着我的意思，就是不怕麻烦，宇宙也就是不怕麻烦，好像涉及宗教也不外如是。神的名称多得很，在基督教有所谓上帝，在我们也叫作玉皇大帝、天上。可以说上帝也好，天老爷也好，宇宙的本身就是造物，我们的本身可以说是漆黑一团。因为不怕麻烦，便造出宇宙，造出山川草木，造出人类，甚至微小的蚊子、苍蝇之类也都造了出来。这样，我的人生观便解决了，就是我也是造物。哪一个不在创造？臭虫造小臭虫，也是造物，人也是造物，总宇宙就算他上帝，我不能否定，也不能肯定，但总之，都是造物，而人便是一切小造物中之一大造物。一个人光是吃饭总是不对。光是吃得饱吃得好，到底干什么东西呢？这叫作造粪。吃好的饭造好的粪，吃不好的饭造不好的粪。造粪固然有些难为情，但大造物——宇宙——为什么要造矿物等东西，今天造，明天造，造个不了呢？这就是不怕麻烦。譬如一个好看的小孩子很可以谈谈恋爱问题，像我这样的一个老头子同我的老太婆都已经不中用，可是我还可以跑龙套，谈天说地，给各位笑一笑，使我的人生观还有作用，这也就是不怕麻烦。

总之，一个人总不能二百五，总要造，而且要加点本领，造好一些。拿这意思来讲，就是乡下人的"勤"，就是"勤俭"的"勤"。不过我只取它"勤"，"俭"这一个字不能和"勤"同日而语，因为俭就是节制，譬如一个人能节制固然很好，但如果俭不中礼，那也不好。"俭"之对是"奢"，但奢也有好的地方，譬如人怀着奢望也是好的。至于勤和懒恰恰一反一正，懒是不好的，所以漆黑一团的时候是不好的，因为没有我，也没有人生观，于是父母造我们出来，我们又造出我们的儿女。一个人肯勤劳自然是再好没有的了，但有的人想一劳永逸，勤一下子就不做了，既没有耐性，又没有计算，这种人虽勤犹懒，所以奢的人其实也是懒。所谓"一劳永逸"，实在世上没有这东西。其次就是犯"因噎废食"的毛病，活得不耐烦，要自杀，什么东西都不要，仍回到漆黑一团中去，这种人可以说是懒到透，这不是我的人生观。

复次，造了之后要保存。譬如吃东西就是保存，父母造我们也是保存，凡是一切食、色、支配欲以及无论什么野心，都是保存，道德也是保存，因为道德可以节制食、色。但最要紧的有一点，就是单是保存总是不够，因为这样尚未尽造物的职务。要随便做一些，但不要一劳永逸。讲到中山先生，他为什么要发起民生主义呢？一般人总以为其目的在使大家有饭吃。其实他的意思并不是如此，他的意思不但要使人吃饱，而且要吃得好，吃得舒服。有一种人吃得很舒服，有一种人则否，因此，要人人能舒服，这也是不惮其烦。再说我们的祖宗都是猴子，后来渐渐进化到现在的状况。其实它们戴着金丝帽，何尝不舒服？睡在山洞里也很好，但它却把这帽脱掉了，而拿树叶来蔽身。这种努力的结果使后来的人连狐皮马褂都可以穿了，这就是不惮其烦。但这是什么道理？大造物为什么要拿猴子变成人？人和禽兽的区别究在何处？有人说，人之所以能异于禽兽，是因为他能爱己及人。我可不相信这句话。譬如牛羊不会打仗，不像人类常常自相残杀，要比人好得多。我以为人和禽兽分别之处是在这里：禽兽造得少而人造得多。因为人有手，又有创造的工具，这一工具一来之后，人会取火，而禽兽用嘴取火，便要烧掉胡子。人会使用机器，会应用火力，而禽兽则不能。所以上帝是大造物，人是二造物。总之，要造多一些，要造到无可造，要造到什么东西都有，而且要造得好看，那就好了。

不过造也要造得合理。譬如说到农，造人所吃的东西，只要米麦，而不要莠草。人一面帮着五谷的忙和莠草作战，一面揩揩油就吃。这样，人想一劳永逸，只待丰年到来，人手不够时，就叫我们老同胞牛、马帮我们做。但因为没有精密计算，有时造得太多，结果人不做工，牛、马也不做，只叫机器做，这也不对。还有一点，就是造要有把握。现在种田用机器，吃的虽然有了，看的可没有了。其实在山野中能点缀着一二只老虎也好，就是莠草也有作用。现在人们只是帮着五谷铲除莠草，这太不公平，不过莠草也有理由可以向上帝诉说："上帝，我和五谷都是你所造的，为什么定要铲除我呢？否则定是你上帝没有本领，生的时候太不留意。"此外，在支配方面也要有分寸，吃东西不要太专。譬如吃大菜，供我们吃的牛羊也不知牺牲了多少生命。就是米、麦、蔬菜也有苦痛，许多人还美其名曰吃素。我想将来人努力的结果，终有一天人可以禁食，可以不吃东西而能生活，只从怀里拿出一粒什么东西吞下就饱了。不过这责任是全赖科学和公理去负担的，道德在其次呢。

　　总之，人的天职不但是在保存，而且是在创造。从前我年轻的时候，天天做着八股文，后来就这样跳了跳，直到现在，愧未能尽造物的责任。不过我们所应当留意的，就是不要一劳永逸，反过来说，也不要因噎废食，更不要活得不耐烦，总是造要紧，便是我们家乡的乞丐也会造耳挖之类的东西卖给人。这是我的人生观。今天我也没有什么好的意见贡献给诸位，不过闹了半天就是了，真是对不起得很！

吴稚晖（1865—1953），原名眺，后名敬恒，字稚晖。国民党四大元老之一，中央研究院院士，著名书法家。1891年（光绪辛卯科）举人。1901年东渡日本，1903年西至英、法留学。1905年加入同盟会，辛亥革命后回国。1924年起任国民党中央监察委员、国民政府委员等职。1963年被联合国教科文组织授予"世界学术文化伟人"称号。吴稚晖学贯中西，通英、法、德、日四国文字，其著述后被辑为《吴稚晖全集》。

科学与人生

吴稚晖

人类的历史，在有史以前，是很难稽考的。如果以一百年为一时期，那么起初的二百万年是原人时代；跟着就是老石器时代，大约有七千万年；新石器时代，大约有三十万年①。曾在爪哇掘到陈列在巴黎大博物院的原人骨盖，所容脑量只及今人的一半；他的腿骨也和今人不同，大约是不能一天站到晚的；想来他的两只手也还不行。那位老祖宗好像同猴子一样，虽然也会拿东西，却不会制造东西。

最近的一万年是历史时期。我们中华民族大约有六千三四百年（不过也很难稽考，所以周代共和以前叫作疑年）。以我的

---

① 原文如此，下同。这里的"原人""老石器时代"应即今称"原始人""旧石器时代"。——编者注。

理想，有一种假定，不知对不对，还请诸位改正。我的假定是：以二千年为一期，每二千年一变（或者要二千多年），每一时期中，其初的一千五百年是酝酿时期，后来的五百年是变化时期。现在列一个简单的表如下：

第一时期：从伏羲到尧、舜，约二千多年；

第二时期：从尧、舜到秦始皇，约二千多年；

第三时期：从秦始皇到民国纪元，约二千多年。

从伏羲到黄帝，大约千五百年，是茹毛饮血的时代。他们糊糊涂涂地过了一千多年。直到神农时代才有耕稼，才有日中为市的制度。据孔夫子开给我们的一本账——《易经》，也许是秦汉之间造出来的一本账，有一章记黄帝造东西的历史：把一根大木挖一个洞，就算是船；把一块石凿一个洞，就算是臼。并且那时还做了衣裳。"衣裳"二字还有分别，上衣谓之衣，下衣谓之裳。创造衣裳的是圣人，创造棺材的也是圣人。所以现在什么人都可以做圣人。现在有托名黄帝著的几种书都是假的，都是后人造出来的，因为著书人的智识比黄帝要高得多了。

从黄帝到尧、舜，大约五百年。到了尧、舜，才懂得一点人生，所以孔子要祖述尧、舜。那时讲的话已经有一点科学意味。初立起五伦之说，后人便本了他说，"有天地然后有万物，有万物然后有男女，有男女然后有夫妇，有夫妇然后有父子，有父子然后有君臣"。这几句话还不太差，不过"有父子然后有君臣"一句话，未免荒谬。如果叫我吴稚晖改起来，我可以改作："有父子然后有兄弟，有兄弟然后有朋友，有朋友然后有君臣。"似乎比原文妥当些。他们后来又把君放在父的上面，叫作"君父"。这是为君的一种手段，他一定要把自己抬得高高的，叫老百姓去信仰他，对他不准有丝毫怀疑，好像吴稚晖今天在这里倚老卖老，像煞有介事地演讲一样。那时"一年三百六十日"也闹出来了，自然科学中几样东西也闹出来了，可见知识是跟时代进步的。说不定在现在所谓科学，三四百年后都会变常识。现在的理想，将来也许变成事实。那时我们要到东山去，到旁的地方去，只要把机器一动，便都达到目的。从前我同张静江先生闲谈，谈到新时代的人是怎么样的一种人。我说："那时候的人身体一定很高大。"他说："不对，那时候的人头一定很大，但是其他的部分很小，脚很短，因为都用不到了。"

从尧、舜到孔子，大约一千五百年。文学、哲学、科学都慢慢地进步（文学家是疯子，专门胡说八道。我在三十一岁的时候看见一本书，叫作《岂有此理》——坊间现有出版，改名《何典》——它第一句话就是："放屁放屁，真正岂有此理！"文学家的本领只是胆子大，能随便放屁。哲学家介乎其间，既不像文学家之随便胡说，也不像科学家之事事认真，他所讲大概都是超乎人们的常识。这三种互相循环，都是需要的。好像前几年的科玄之争，尽管科学家的证据充足，但是玄学家他还是要讲，不过现在的青年太偏于混蛋的文学和哲学罢了）。《尚书》《易经》《诗经》都是这个时代的作品。此外几种，虽说是孔子以前的作品，但都是假的。譬如三礼，便是政治科学，是孔子以前所闹不出来的，至少一半是假的。在西法荷马的英雄诗，也是商周之间的作品。

从孔子到秦始皇，大约是千五百年，是中国第二个变化时期，诸子百家都出在这个时候，文学、哲学、科学都有长足的进步。如果没有秦始皇的一烧，中国的文化真是不可限量。

从秦皇到宋朝，大约一千五百年。宋儒的学识是我们革命党最反对的，那时可说是一个黑暗时代。可是宋儒的思想虽然要不得，而他们的方法却很有进步。他们的长处就是解释谨严。从宋末到民国纪元，大约多过五百年。明代初年，那时西洋人还是浑浑噩噩，过他们混蛋的生活，到了明朝的中间才发展起来。而我们清代的汉学家治学也已有两种科学方法，就是"系统"和"分类"。什么要拿出证据来，不是理想，所谓实事求是。清代学者确有科学的头脑。

西洋文化的大发展还不到二百年。十八世纪瓦特蒸汽机的出世，确是一件顶天立地的事业。十九世纪达尔文的种源论出，而思想事业更为之一变。世界已经改变了许多，而中国却还有许多人三个不信，一定要做曲辫子。有了遗老还不够，还有遗少，年纪轻轻，已经做了曲辫子。拿隔年的历本来翻好日子。从前科举的时候，出一种题目叫作"截题"的，好像"子曰：'学而时习之，不亦……'"，他们说"不亦"两个字有许多神情在里面。这种事情在从前不以为奇，在现在便觉得岂有此理。科学随时代而进步，人生观也因而改变。有许多文学家、哲学家的事情，现在都成为科学了。有许多从前发明家的事情，现在觉得一点不稀奇。好像在学生的英文读本上有一段故事说："科仑布①在发现新大陆以后，有人还要笑他。科仑布叫他们把鸡蛋站起来，他们不会。科仑布把蛋的一端砍碎了，把它站了起来。他们说：'这有什么稀奇。'他说：'那么你们为什么不做第一个呢？'"瓦特发明了蒸汽机，并且发明了一立方的水能变成一千六百方的蒸汽。那时真是了不得的事。现在小学生都已知道了。

我常常说，一个人是永远存在的，由几千几百个他变成一个我，由一个我变成几千几百个他。譬如十几年，诸君还在乒乒乓乓，我却已不知去向了。再过几十年，也许诸位也不知去向了。再过几十万年，也许空气也没有了，从而地球也没有了。诸位听到这里一定要说，这样，那么世间一切都是空的，还有什么留恋呢？还要干什么呢？是的，本来是空的，但是不干又做什么。我们干好像是做戏，做戏时总要努力，就是瞎闹也要闹一回，人生就是这样。纵不能令人叫好，也不能令人叫倒好。世界上的事好像是西洋镜，科学家要拆穿这西洋镜，文学家不要拆穿这西洋镜，哲学家调和其间。欧战以后，把许多的西洋镜拆穿了，国会崩坏了，便是一个例。辛亥革命以后，有父子然后有君臣的西洋镜在中国也拆穿了。中国古制刑不上大夫。孔老二先生说："我亦从大夫之后之可以徒行。"这是士大夫自争权利的话，他却想不出国会来，直到英国人才想出来了。可

①即哥伦布。——编者注。

是国会制度还是少数绅士的权利。

从前有一段笑话，说有兄弟两人，其母偏爱长子。一回兄弟两人去考举人，差人来报说长子中了，婆婆跑到厨房里对大媳妇说："你到外边凉凉去。"一会儿来报次子也中了，小媳妇便立起来说："我也凉凉去。"什么是绅士，什么是议员，便好像大媳妇。现在也有许多人同他们算账了。有人常常说，我们革命党同流氓、强盗往来。张之江就这样问我，说革命党的名声不大好（其实我们党里的确也有不良分子，这是毋庸讳言的）。但是如果我们不把流氓、强盗引到革命的路上，试问还有什么人能解决他们？古人说："必圣人在天子之位，然后天下太平。"我说："必圣人在强盗之位，然后天下太平。"圣人而不强盗，徒然是曲辫子。又要马儿好，又要马儿不吃草。所以我们党里时常有冲突。有的精神太厉害不顾历史和循境，有的还要讲几十年前的话。

世界是常常在那里进步的。美国芝加哥大学里有一位老太太，年纪八十岁时，她家里的重要人物都死了，她精神还很好，就进了大学预科。我看见一本杂志时，她已经八十四岁，已经毕了一次业，还在那里继续读书。其实老太太到学堂里去念书，同老太太去听大鼓书有什么两样，一点没有什么了不得。从前人到了二十五岁没有进学校，就要给人家笑语。因为进了学校，再过几年，就要中举。现在大学毕了业，说完了，不要学了，这真是笑话。求学同吃饭、睡觉一样，从小时直到棺材里。没有一天不吃饭、睡觉，就没有一天不应该学。学堂里招考，二千人中取了二百人，不取的便懊丧得了不得。其实求学哪里一定要去学堂，如何可以说没有学堂便不能学。图书馆里只有书没有教员，却是求学的好地方。瓦特没进过学堂，十几岁便做学徒。

最后我并希望诸位于文学、哲学之外，再学一点科学。要救中国，非科学不可。这是我的一点贡献。

十五年八月

蒋梦麟（1886—1964），中国近现代著名教育家。1908年赴美留学，1912年从加州大学毕业，到哥伦比亚大学继续研修教育，1917年获博士学位后回国。1919年主编《新教育》月刊，同年任北京大学教育系教授兼总务长。1927年任国民政府教育部长。1930年任北京大学校长。1938年任西南联大校务委员会常委。1941年兼任红十字会中国总会会长。著有《西潮》《孟邻文存》《新潮》等。

改变人生的态度

蒋梦麟

我生在这个世界，对于我的生活，必有一个态度，我的能力，就从那面用。人类有自觉心后，就生这个态度。这个态度变迁，人类用力的方向也就变迁。

希腊时代，那半岛的人民，抱美感生活的态度。"美是希腊做人的中心点。"（Dickinson：*Greek View of Life*）"无论宗教、伦理和种种人生的活动，都不能和美感分离。"（Dickinson：*Greek View of Life*）"希腊的神，以世间最美丽的东西代表他。"（Maxims of Tyie）① 希腊人对于生活抱这美的态度，所以产生许多美术品和美的哲学，希腊文明就成了近世西洋文明的基础。罗马时代，人民对于生活抱造成伟业的态度，所以建雄伟的国

---

①意指一句格言。——编者注。

家，制统一的法律，造宏伟的建筑和广阔的道路。凡读史的人，哪一个不仰慕罗马人的伟业呢？罗马帝国灭亡，中古世起，一千年中，欧洲在黑暗里边，那时候人民对于生活的态度是在空中天国，这个世界是忘却了。所以这千年中，这世界无进步。

十五世纪初，文运复兴①，这态度大变。中古世人的态度是神学的，是他世界的。文运复兴时代人的态度，是这世界的，是承认活泼泼的个人的。丹麦哲学家霍夫丁氏（Höffding）②著《近世哲学史》，对于文运复兴说道：

> 文运复兴是一个时代，在这时代内，中古世狭窄生活的观念，是打破了。新天新地生出来，新能力发展起来。凡新时代必含两时期：（1）从旧势力里面解放出来；（2）新生活发展起来。
>
> 文运复兴的起始，是要求人类本性的权利，后来引到发展自然界的新观念和研究的新方法。

这个人类生活的新态度，把做人的方向基本上改变了，成一个新人生观。这新人生观，生出一个新宇宙观。有这新人生观，所以这许多美术、哲学、文学蓬蓬勃勃地开放出来；有这

①今译文艺复兴，是指14世纪中叶在意大利各城市兴起，扩展到欧洲各国，于16世纪在欧洲盛行的一场思想文化运动，被认为是中古时代和近代的分界。——编者注。

②哈格尔德·霍夫丁（1843—1931），丹麦哲学家和心理学家。——编者注。

新宇宙观，所以自然科学就讲究起来。人类生活的态度因为生了基本的变迁，所以酿成文运复兴时代。

西洋人民自文运复兴时代改变生活以后，一向从那方面走——从发展人类的本性和自然科学的方面走——愈演愈大，酿成十六世纪的大改革，十八世纪的大光明，十九世纪的科学时代，二十世纪的平民主义。大改革是什么呢？宗教里边，闹出了一个发展人类的本性问题。大光明是什么呢？政治里边，闹出一个发展人类的本性问题。科学时代是什么呢？要战胜天然，使地上的天产为人类丰富生活的应用。

当人类以旧习惯、旧思想、旧生活为满足的时候，其态度不过保守旧有的文物制度，把一切感情都束缚住。这活泼泼的人一旦从绳索里跳出来，好像一头牛跑到瓷器店里，把那高阁的盆碗都撞破了。所以人的感情一旦解放，就把那旧有的文物制度都打破。

文运复兴，大改革，大光明，科学时代，都是限于中等社会以上的。文运复兴不过限于几个文学家、美术家、哲学家的活动。大改革、大光明也不到中等社会以下的平民。科学的应用，也不过限于有财资的少数人。所以世界进化，要产出二十世纪的平民主义来。托尔斯泰说：

> 近世的医学新发明、医院、摩托车和种种科学上的发明，都是为富人应用的，平民哪得享受这些权利；故我以为真科学不是这些物资科学，真科学是孔子、耶稣、

佛的科学（按，此指尊重人道而言）。（Tolstoi：*What Is to Be Done?*）

从文运复兴人类生活抱新态度为起点，这六百年中，欧洲演出了多少事。请问，我国于元、明、清三朝内做些什么？朝代转移，生活的态度不变，跑来跑去，终跑不出个小生活的范围。

我要问一句，活泼泼的人到哪里去了？你有感情，为何不解放？你有思想，为何不解放？你所具人类本性的权利放弃了，为何不要求？

"五四运动"就是这解放的起点，改变你做人的态度，造成中国的文运复兴；解放感情，解放思想，要求人类本性的权利。这样做去，我心目中见那活泼泼的青年，具丰富的红血轮、优美和快乐的感情、敏捷锋利的思想，勇往直前，把中国萎靡不振的社会、糊糊涂涂的思想、畏畏缩缩的感情，都一一扫除。凡此等等，若非从基本上改变生活的态度做起，东补烂壁，西糊破窗，愈补愈烂，愈糊愈破，怎样得了！

读了上文后，于人生态度改变的必要大概明白了。我现在把这个意思收束起，简单地提两个问题：

人生的态度从哪一个方向改变呢？

从小人生观到大人生观——从狭窄的生活到广阔的生活，从薄弱的生活到丰富的生活，从简单的生活到复杂的生活。

从家族的生活到社会的生活。

从单独的生活到团体的生活。

从模仿的生活到创造的生活。

从古训的生活到自由思想的生活。

从朴陋的生活到感美的生活。

人生的态度用什么方法来改变呢？

推翻旧习惯、旧思想。

研究西洋文学、哲学、科学、美术。

把自己认作活泼泼的一个人。

旧已譬如昨日死，新的譬如今日生。要文运复兴，先要把自己复生。

八年六月

（《过渡时代之思想与教育》）

傅斯年（1896—1950），字孟真。著名历史学家、教育家，"五四运动"期间北京大学学生领袖之一。1913年考入北京大学预科，1916年升入北京大学文科。1918年夏与罗家伦等组织新潮社，创办《新潮》月刊并任主编。1920年赴英、德留学。1928年创办中央研究院历史语言研究所并任所长。1948年当选为中央研究院院士。他所提出的"上穷碧落下黄泉，动手动脚找材料"这一历史研究的原则影响深远。后人辑有《傅斯年全集》。

人生问题发端

傅斯年

人生问题是个大题目！是个再大没有的题目！照我现在的学问思想而论，绝不敢贸贸然解决它。但是这个问题却不能放在将来解决，因为若不曾解决了它，一切思想，一切议论，一切行事，都觉得没有着落似的。所以不瞒鄙陋，勉强把我近来所见写了出来，作为我的人生观。还要请看的人共同理会这个意思，大家讨论，求出个确切精密的结束。我这篇文章，不过算一种提议罢了，所以题目就叫作"人生问题发端"。

一年以来，我有件最感苦痛的事情，就是每逢和人辩论的时候，有许多话说不出来——对着那种人说不出来——就是说出来了，他依然不管我说，专说他的，我依然不管他说，专说我的，弄来弄去，总是打不清的官司。我既然感着痛苦，就要想出条可以接近的办法；又从这里想到现在所以不能接近的原因，照我考求所得，有两件事是根本问题——是一切问题的根本，是使我们所以为我们，他们所以为他们，使他们不能为我们，我们不能为他们的原动力：第一，是思想式的不同；第二，是人生观念的不同。这两件事既然决然不同，一切事项都没接近的机缘了。就思想而论，我们说："凡事应当拿是非当标准，不当拿时代当标准。"他们说："从古所有乌可议废者？"就人生而论，我们说："凡人总当时时刻刻，拿公众的长久幸福，当作解决一切的根本。"他们说："无念百年，快意今日。"这样的相左，哪能够有接近的一天？要是还想使他同我接近，只有把我这根本观念，去化他的根本观念，如若化不来，只好作为罢论；如若化得来，那么就有共同依据的标准了，一切事项可以"迎刃而解"了。什么"文学的革命""伦理的革命""社会的革命"……虽然是时势所迫，不能自已，然而竟有许多人不肯过来领会的。我们姑且不必请他领会，还请他"少安毋躁"，同我们讨论讨论这根本问题。

这根本问题是两个互相独立的吗？我答道，不但不能说互相独立，简直可以说是一个问题——是一个问题的两面。有这样特殊的思想式，就有这样特殊的人生观；有那样特殊的人生观，就有那样特殊的思想式。两件事竟断不出先后，并且分不出彼此。要是把这两件事作为一体，往深奥处研究去，差不多就遮盖了哲学的全部。但是这样研究，作者浅陋，还办不到，而且实际上也没大意思，不如就形质上分作两题，各自讨论。所有思想式一题，等以后讨论去。现在把人生观念一题，提出来做个议案吧。

一

我们中国人在这里谈论人生问题，若果不管西洋人研究到
什么地步，可就要枉费上许多精神，而且未必能切近真义。因
为人生的各种观念，许多被人家研究过了，尽不必一条一条地
寻根究底，径自把他的成功或失败作为借鉴，就方便多着了。
所以我在评论中国各派人生观念以前，先把西洋人生观念里的
各种潮流约略说说。一章短文里头，原不能说到详细，不过举
出纲领罢了。

Ludwig Feuerbach① 说："我最初所想的是上帝，后来是理，
最后是人。"这句话说得很妙，竟可拿来代表近代人生观念的变
化。起先是把上帝的道理，解释人生问题。后来觉着没有凭据，
讲不通了，转到理上去。然而理这件东西，"探之茫茫，索之冥
冥"，被 Intellectualists② 和其他的 Classical Philosophers③ 讲得翻
江倒海，终是靠不着边涯。于是乎又变一次，同时受了科学发
达的感化，转到人身上去，就是拿着人的自然，解释人生观
念——简捷说吧，拿人生解释人生，拿人生的结果解释人生的
真义。从此一切左道的人生观念和许多放荡的空议论，全失了
根据了。我们考索人生问题，不可不理会这层最精最新的道理。

①路德维希·费尔巴哈（1804—1872），德国哲学家。——编者注。
②译为知性论者或偏重理智者。——编者注。
③译为古典哲学家。——编者注。

人对于自身透彻的觉悟，总当说自达尔文发刊他的《物种由来》和《人所从出》两部书起。这两部书虽然没有哲学上的地位，但是人和自然界、生物界的关系——就是人的外周——说明白了。到了斯宾塞①，把孔德所提出的社会学研究得有了头绪，更把生物学的原理应用到社会人生上去，于是乎人和人的关系又明白个大概。后来心理学又极发达，所有"组织"（Structural）、"机能"（Functional）、"行为"（Behavioristic）各学派，都有极深的研究，人的自身的内部又晓得了。这三种科学——生物学、社会学、心理学——都是发明人之所以为人的。生物学家主张的总是"进化论"（Evolutionism），从此一转就成了"实际主义"（Pragmatism）。法国出产的"创化论"（Evolution Creatrice），也是从进化论转来。什么 Life Urge 和 Life Spirit，虽然一个说科学解释不了，一个更近于宗教，然而总是受了进化论的影响，并且可以说是进化论的各面。这并不是我专用比附的手段，硬把不相干的合在一起。其实各派的思想虽是"分流"，毕竟"同源"。所以 B. Russell② 在他的 *Scientific Method in Philosophy*③ 里竟把这些派别归为一类，叫作进化论派；Eucken④ 在他的 *Knowledge and Life*⑤ 里也常合在一起批评去。我把它们合

①斯宾塞（1820—1903），英国社会学家。——编者注。
②罗素（1872—1970），英国哲学家、数学家和逻辑学家。——编者注。
③译为《哲学中的科学方法》。——编者注。
④奥伊肯（1846—1926），德国哲学家。1908 年被授予诺贝尔文学奖。——编者注。
⑤译为《知识与生活》。——编者注。

在一起的缘故，是因为都是现代思潮一体的各面，都是就人论人，发明人之所以为人，都不是说"非人"论人。我们受了这种思潮的教训，当然要拿人生解决人生问题了。

但是现在为说明之便，却不能合拢一起讲下去，只得稍稍分析。论到小节，竟是一人一样；论大体，却可作为两大宗：第一，是生物学派；第二，是实际主义派。现在不便详细讲解它，姑且举出他两派供给于人生观念最重要的事实罢了。

生物学派拿自然界作根据，解释人生。他所供给人生观念最切要的，约有以下各条：

（一）使人觉得他在自然界中的位置，因而晓得以己身顺应自然界。

（二）古时候的"万物主恒"之说没法存在了。晓得各种事物都是随时变化的，晓得人生也在"迁化之流"（A Stream of Becoming）里头，可就同大梦初醒一般，勉力前进。许多可能性（Possibilities），许多潜伏力（Potentialities），不知不觉发泄出来。现在人类一日的进步赛过中世纪的一年，都为着人人自觉着这个，所以能这样。

（三）古时哲学家对于人生动作，多半立于旁观批评的地位，没有探本追源，而且鼓励动作的。自从"生存竞争"发明以后，又有了"生存竞争"的别面——"互助"，一正一反，极可以鼓励人生的动作。这个原理仿佛对人生说道："你的第一要义，就是努力。"

（四）古时哲学家的人生观念，有时基于形而上学，尽可以任意说去，全没着落。生物学派把这些虚物丢掉，拿着人的地位一条发明，尽够弃掉各种"意界"的代价而有余。从此思想上所谓"想象的优胜与独立"（Imaginary Superiority and Independence）不能存在，总须拿人生解释人生问题，这样一转移间，思想的观念变了，人生的观念变了。因为思想从空洞的地方转到人生上，人生的范围内事多半被思想揭开盖了。

（五）看见人类所由来的历史是那样，就可断定人类所向往的形迹必定也是那样，所以有了尼采的"超人"观。尼采的话虽然说得太过度了，但是人类不止于现在的景况却是天经地义。从此知道天地之间是"虚而不屈，动而愈出"。人生的真义就在乎力求这个"更多"，永不把"更多"当作"最多"。

以上都是生物学派所供给的。但是专把生物学解释人生，总不免太偏机械的意味。斯宾塞也曾自己觉着他的生活界说不切事实，说："生活的大部分，不是生理、化学的名词能够表现的。"所以从生物学派更进一层，就是实际主义的说话。现在把这主义供给人生观念最要紧的道理，写在下面：

（一）生物学派的人生观念，是机械的；实际主义的人生观念，是创造的。

（二）哲姆士①说："精神主义的各种，总给人以可期之希望；物质主义却引人到失望的海里去。"生物学派的主张虽然叫

---

①今译詹姆士（1842—1910），美国哲学家、心理学家、教育学家，实用主义（即本文所称的"实际主义"，亦即胡适所译的"实验主义"）的倡导者。——编者注。

人努力，但是极不努力的道理也可凭借着生物学家的议论而行。实际学派感觉着这个，把"软性"人和"硬性"人两派哲学外表的相左揭破了，事实上联成一个：一边就人性讲得透彻，不像理想家的不着边涯；一边说"道德生活是精神的，精神是创造的"，不像生物学派讲的全由"外铄"。这类的人生观念是科学哲学的集萃，是昌明时期的理想思潮和十九世纪物质思潮的混合品，是在现代的科学、社会生活、哲学各问题之下必生的结果。

（三）古时哲学家总是拿宇宙观念解释人生问题，总不能很切题了。生物学家也是拿生物原理解释人生问题，每每把人生讲得卑卑得很。实际主义却拿着人生观念解释一切问题，只认定有一个实体，就是人生；不认定有唯一的实体，就是超于人生。所有我们可以知、应当知、以为要紧、应当以为要紧的，都和人生有关，或者是人生的需要。供给人生的发达与成功的，是有用，有用就是真；损害人生的发达与成功的，是无用（包括有害），无用就是假。这样抬高人生观念的位置，不特许多空泛的人生观念一括而清，就是生物学派只晓得人生的周围，不晓得人生的内心的人生观念，也嫌不尽了。所以我们可以说实际主义是生物学派进一层的，是联合着生物学派，发明人之所以为人的。

（四）既然发明人生是制定思想上、道德上一切标准的原料，就可以拿人生的福利（Welfare）和人生的效用（Effects）去解决人生问题。从此人生的意义脱离了失望，到了希望无穷的海；脱离了"一曲"，到了普通的境界；脱离了"常灭"，到了永存的地位。

照这看来，拿人生解释人生，是现在思想潮流的趋势。我们在这里研究人生问题，当然不能离开这条道路啊！

二

然而中国现在最占势力的人生观念，和历史上最占势力的人生学说，多半不是就人生解释人生，总是拿"非人生"破坏人生。何以有这样多的"左道"人生观念呢？我想中国历来是个乱国，乱国的人不容觉悟出人生真义。姑且举出几条驳驳它们。

第一是达生观。这种人生观，在历史上和现在，都极有势力。发挥这个道理的人，当然以庄周作代表；阮籍的《大人先生传》和《达庄论》，也是这道理。这一派大要的意思，总是要"齐死生，同去就"，并且以为善、恶是平等的，智、愚是一样的；看着人生，不过是一切物质的集合，随时变化，没有不灭的精神，所以尧、舜、桀、纣都没差别，"死则腐骨"。照这样人生观念去行，必定造出与世浮沉的人类。既然不分善恶，所以没有不屈的精神；既然没有将来的希望，所以不主张进化；既然以为好不好都是一样，所以改不好，以为好只是多事；既然只见得人生外面时时变化，不见得人生里面永远不变，所以看得人生太没价值了。照效果而论，这种达生观已经这样可怕。若果合于真理，尚有可说；无如拿真理解它，它并没立足之地。

凡立一种理论，总要应付各种事实，但凡有一处讲不通，这理论就不能成立。

我们是人，人有喜，有怒，有若干的情绪，有特殊的情操，有意志，有希望，拿这种达生观去应付，一定应付不下的。因为达生观忽略人性，所以处处讲不通了。达生观竟可以说是一种"非人性的人生观"。就以阮籍个人而论，总应该实行这达生观了。但是《晋书·本传》里说："籍子浑……有父风，少慕通达，不饰小节。籍谓曰：'仲容已豫吾此流，汝不得复尔。'"照这样看，阮籍竟不能实行下去。他爱他儿子，他不愿意他儿子学他，可见他这道理是不普遍的，不普遍的道理是不能存在的道理，然而大说特说，真是自欺。还有一层，照这达生观的道理而论，善恶是一样，一切是平等了，那么"大人先生"和"裈中群虱"是没分别，达生的和不达生的是没上下。何以偏说"大人先生"好，"裈中群虱"不好，达生的好，不达生的不好呢？既然"一往平等"了，没有是非了，只好"无言"，然而偏来非那些，是这些，骂那些，赞这些，真是自陷。总而言之，解释人生真义，必须拿人性解去，必须把人性研究透彻，然后用来解释。如若不然，总是不遮盖事实的空想了。至于达生观所以在中国流行，也有几条缘故：第一，中国人是只见物质不想精神的；第二，中国人缺乏科学观念，所以这样在科学上讲不通的人生观念，却可以在中国行得通；第三，这是最要紧的缘故，中国的政治永远是昏乱，在昏乱政治以下，并没有人生的乐趣，所以人生的究竟不可得见。忽然起了反动，就有了达生观了。

第二是出世观。出世的人生观有两种：一是肉体的出世，二是精神的出世。前者是隐遁一流人，后者是一种印度思想。中国历史上最多隐士，都是专制政治的反响。专制政治最能消灭个性：尽有许多有独立思想的人不肯甘心忍受，没法子办，只有"遁世不见，知而不悔"。什么"贤者避世，其次避地"啊，都是在昏乱时候。有时太平时代也出隐士，看来似乎可怪，其实也是为着社会里、政治里不能相容，然后自己走开。这样本不是一种主义。在实行隐遁的人，也并不希望大家从他。所以有这样情形，尽可说是在一种特殊境况之下发生来的一种特殊变态，我们大可置而不论了。至于那一种印度思想，惑人却是不少。他们以为人生只有罪恶，只有苦痛，所以要超脱人生。揣想它意旨的，并不是反对人生，原不过反对苦痛，但是因为人生只有苦痛，所以要破坏人生。照现在文化社会的情形而论，人生只有苦痛一句话，说不通了，更加上近代科学、哲学的证明，超脱人生的幸福是不可求的。什么"涅槃"（Nirvana）一种东西是幻想来的，这也是在印度乱国里应有的一种思想，也是受特殊变态的支配，也是拿"非人"论人，不能解释人生的真义。

第三是物质主义。中国人物质主义的人生观最可痛恨，弄得中国人到了这步田地，都是被了它的害。这种主义在中国最占势力也有个道理。中国从古是专制政治，因而从古以来，这种主义最发达。专制政治，原不许人有精神上的见解，更教导人专在物质上用功夫。弄到现在，中国一般的人，只会吃，只会穿，只要吃好的，只要穿好的，只要住好的，只知求快乐，只知纵淫欲……离开物质的东西，一点也觉不着，什么精神上的休养、奋发、苦痛、快乐、希望……永不会想到。这样不仅卑下不堪，简直可以说蠢得和猪狗一样。一切罪恶，都从不管精神上的快乐起来；所以不管精神上的快乐，都因为仅仅知道有物质。这种观念在哲学上并没有丝毫地位，原不值得一驳。我们只要想几千年前人类要是只有这种观念，必定没有我们了。我们要是只有这种观念，必定没有后人了。可见这观念和人生势不两立，那么当然不能拿它解释人生了。

第四是遗传的伦理观念。有人说，道德为人而生；也有人说，人为道德而生。后一层道理已经是难讲得很：纵然假定人为道德而生，也应当是为现在的、真实的道德而生，不应当是为已死的、虚矫的道德而生。在现在中国最占势力的人生观念，是遗传的伦理主义。它以为人为道德而生，为圣人制定的道德而生，不许有我，不许我对于遗传下来道德的条文有惑疑。硬拿着全没灵气的人生信条当作裁判人生的一切标准。中国人多半是为我主义，这却是无我论。何以无我呢？因为有了道德，就无我了；有了道德上指明的"君""父"，就无我了；有了制定道德的圣人，就无我了。这道理竟是根本不承认有人生的，它的讲不通也不必多说了。

这四种都是在中国流行的"左道"人生观念。有人问我，何以这几样都算作"左道"？我答道："因为它们都不是拿人生解释人生问题，都是拿'非人生'破坏人生，都是拿个人的幻想，或一时压迫出来的变态，误当作人生究竟。"其余的"左道"观念尚是很多，一篇文章里不能一一说到。只要把"就人生论人生"一条道理当作标准，不难断定它的是非了。

三

既然"左道"的人生观念都是离开人生说人生，我们"不左道"的人生观念，当然要不离开人生说人生了。但是不离开人生说人生——就人生的性质和效果断定人生的真义——却也不是容易的事。想这样办，必须考究以下各条事实：

（一）人在生物学上的性质，就是人在自然界的位置。

（二）人在心理学上的性质，就是人的组织、机能、行为、意志各方面的性质。

（三）人在社会学上的性质，就是人和人，个人和社会相互的关系。

（四）人类将来的福利和求得的方法。

（五）生活永存的道理（The Immortality of Life）。［我这里说生活永存，万万不要误会，我是说"生活的效果（Effects）"永存，"社会的生活"永存，不是说"个人的生活的本身"永存。］

把这五条研究详细，不是我这"发端"的文章应有的事。况且我学问很浅，也不配仔细述说这些。所以要做这篇文章的缘故，原不过提出这人生问题，请大家注意；请大家去掉"左道"，照正道想法去解决它，并不敢说我已经把它圆满解决了。但是人人都有他自己的哲学，上至大总统，下至叫花子，都有他的人生哲学。我对于人生，不能没有一番见解，这见解现在却切切实实相信得过，也把它写了出来，请大家想想吧。

人生的观念应当是：

为公众的福利自由发展个人。（我现在作文，常觉着中国语宣达意思有时不很亲切，在这里也觉这样。我把对应的英文写出来吧："The free development of the individuals for the Common Welfare."）

四

我这条人生的观念，看来好像很粗，考究起来，实在是就人生论人生，有许多层话可说。怎样叫作自由发展个人？就是充量发挥己身潜蓄的能力，却不遵照固定的线路。怎样叫作公众的福利？就是大家皆有的一份，而且是公共求得的福利。为什么要为公众的福利？就是因为个人的思想行动，没有一件不受社会的影响，并且社会是永远不消灭的。怎样能实行了这个人生观念？就是努力。这话不过略说一两面。我这人生观念，绝不是两三行文章可以讲圆满了的。但是多说了，看的人要讨厌了，姑且抛开理论，把伪《列子·汤问》篇里一段寓言取来形容这道理吧。

太行、王屋二山，方七百里，高万仞。本在冀州之南，河阳之北。

北山愚公者，年且九十，面山而居。惩山北之塞，出入之迂也，聚室而谋曰："吾与汝毕力平险，指通豫南，达于汉阴，可乎？"杂然相许。其妻献疑曰："以君之力，曾不能损魁父之丘，如太行、王屋何？且焉置土石？"杂曰："投诸渤海之尾，隐土之北。"

遂率子孙荷担者三夫，叩石垦壤，箕畚运于渤海之尾。邻人京城氏之孀妻有遗男，始龀，跳往助之。寒暑易节，始一返焉。

河曲智叟笑而止之，曰："甚矣，汝之不惠！以残年余力，曾不能毁山之一毛，其如土石何？"北山愚公长息曰："汝心之固，固不可彻，曾不若孀妻弱子。虽我之死，有子存焉；子又生孙，孙又生子；子又有子，子又有孙。子子孙孙无穷匮也，而山不加增，何苦而不平？"河曲智叟亡以应。

操蛇之神闻之，惧其不已也，告之于帝。帝感其诚，命夸娥氏二子负二山，一厝朔东，一厝雍南。自此，冀之南，汉之阴，无陇断焉。

这段小说把努力为公两层意思，形容得极明白了。"子子孙孙无穷匮也，而山不加增，何苦而不平？"一句话，尤其好。我们可以从这里透彻地悟到，人类的文化和福利是一层一层堆积来的，群众是不灭的，不灭的群众力量可以战胜一切自然界的。

末一节话虽荒唐，意思乃是说明努力的报酬。但能群众永远努力做去，没有不"事竟成"的。我们想象人生，总应当从愚公的精神，我的人生观念就是"愚公移山论"。简截说吧，人类的进化恰合了愚公的办法。人类所以能据有现在的文化和福利，都因为从古以来的人类不知不觉地慢慢移山上的石头、土块，人类不灭，因而渐渐平下去了。然则愚公的移山论，竟是合于人生的真义，断断乎无可疑了。

这篇文章，并没说到仔细。仔细的地方，我还要研究去，奉劝大家都研究去。研究有得再谈吧。

七年十一月十三日

罗家伦（1897—1969），著名教育家、思想家、社会活动家；"五四运动"中的活跃人物，首次提出"五四运动"这个名词。1914年入上海复旦公学，1917年在北京大学主修外国文学。1920年赴美国普林斯顿大学、哥伦比亚大学留学，后又去英国伦敦大学、德国柏林大学、法国巴黎大学学习。1926年回国后参加北伐，后任清华大学、中央大学校长。1947年出任国民政府驻印度大使。著有《新人生观》《科学与玄学》等。

建立新人生观

罗家伦

建立新人生观，就是建立新的人生哲学。人生哲学在英文叫作"Philosophy of Life"，在德文则为"Lebensanschauung"，正是人生观的意义。它是对于生命的一种透视（Insight），也可说是对于整个人生的一种灼见。人生的意义是什么？我们应该做怎样一种人？这些问题，我们今天不想到，明天不一定会想到；一个月之内不想到一次，一年之内不一定会想到一次。想到而不能解答，便是人生的大危机。若是永不想到的人，这真是醉生梦死、虚度一生的糊涂虫了。想到而要求适当地解决，那就非研究人生哲学不可。我们本是先有人生而后有人生哲学，正如先有饮食而后才有医学里的营养学。但是既有人生哲学以后，人生就免不了受它的影响。也只有了解人生哲学的人，对于人生才觉得更有意义，更有把握，更有前途。不但学社会科学的人应当了解，学自然科学的人也应当了解。广义地说，凡是做人的人都应该了解。普通种田的农夫，尚且根据传下来的经验，有所谓拇指律（Rule of the Thumb），为一生做人的准则，何况知识与理性都已发展到高度的青年？

在现时代，人生哲学更有它重要的意义和使命。因为在这时代，旧的道德标准都已动摇，而新的道德标准尚未确立，一般青年都觉得彷徨，都觉得迷惑，往往进退失据，而陷于烦闷与苦恼的深渊。在中国有此情形，在外国也是一样。外国从前靠宗教信仰维系人心，现在宗教信仰已经动摇，而新的信仰中心也未树立，在青黄不接的时代，更显出许多迷路的羔羊。读李勃曼（Walter Lippmann）①《道德序言》（*Preface of Morals*）一书，知中外均有同感，因此在这个时代更有应重新估定生命的价值表，以建立新的人生哲学之必要，否则长久在烦闷、苦恼之中，情绪日渐萎缩，意志日渐颓唐，生活自然也日渐低落。茅盾所著三部曲，一曰《动摇》，二曰《追求》，三曰《幻灭》。这三个名词很足形容这时代青年心理的动向和惨态。现在旧的已经动摇了，大家拼命去追求新的，如果追求不到，其结果必归幻灭。幻灭是何等悽惨的事！有思想责任的人，对于这种为"生民立命"的工作，能够袖手旁观吗？

要建立新的人生哲学，首先要明白它与旧的人生哲学在态

---

①今译李普曼（1889—1974），美国新闻评论家和作家。其代表作《公众舆论》被公认为传播学领域的奠基之作。——编者注。

度上至少有三种不同。有了不同的态度，才能对于新的生命价值表加以估定。

首先，要认定的是新的人生哲学不是专讲"应该"（Ought），而是要讲"不行"（Cannot）。旧的人生哲学常以为一切道德的标准都是先天的范畴，人生只应该填塞进去。新的人生哲学则不持先天范畴之说，而只认为这是事实的需要、经验的结晶。应该不应该的问题较空，成不成、要得要不得的问题更切。譬如拿文法的定律来说，本不是先有文法而后有文字，文法只是从文字归纳出来的。文法的定律并不要逼人去遵守它，但是你如果不遵守它，你就不能表白意思，使人了解。你自己用文字来达意表情的目的，竟由你自己打消。所以这是不成的，就是要不得的，也就是所谓"不行"的。

其次，新的人生哲学不专恃权威（Authority）或传统（Tradition），乃要以理智来审察现实的要求和生存的条件。权威和传统并不是都要不得，只是不必盲目地全部接受。我们要以理智和经验去审察它，看它合于现代生命的愿望、目的以及求生的动态与否。这不是抹杀旧的，而是要重新审定旧的，解释旧的。旧的是历史，历史潜伏在每个人的生命细胞之内，不但不能抹杀，而且想丢也是丢不掉的；但是生命之流前进了，每个时间的阶段都有它的特质，镕铸过去，使它成为活动的过去，为新生命中的一部分，才能适合并提高现实生存的要求。

还有一层，新的人生哲学不专讲良心、良知，而讲整个人生及其性格、风度的养成，并从经历和习惯中树立其理想的生活。它不和旧的一样，专从良心、良知中去求判别是非的标准，以"明心见性"去达到佛家所谓"身是菩提树，心如明镜台"的地步。它更不是建设在个人的幻想、冲动或欲望上面。它要从民族、人类的历史中寻出人与人的关系，以决定个人所应该养成的性格和风度。它是要从个人高尚生命的实现中去增进整个的社会生活与人类幸福。觉得如此，方不落空。

新的人生哲学根据这三种态度以重定生命的价值表，以建立新的人生观。它并不是否认旧的一切价值，乃是加以必要的改变而已。它把旧的价值重新估计以后，成为新的价值标准，以求人生的实现，更丰富和美满的实现。这才是真正"价值的转格（die Unwertung aller Werte）"。

我们不只是要求人生更丰富、更美满的实现，我们还要把人生提高。平庸的生活，是不值得活的。我们要运用我们的生力，朝着我们的理想，不但使我们的生命格外崇高伟大、庄严壮丽，而且要以我们的生命来领导、带起一般的人，使他们的生命也格外地崇高伟大、庄严壮丽。所以我们要根据新的人生哲学态度，建立三种新的人生观：

第一，是动的人生观。宇宙是动的，是进行不息的；人生是宇宙的一部分，所以也是动的，是进行不息的。希腊哲学家海瑞克莱图斯（Heraclitus）① 说："你不能两次站在同一条河

---

① 今译赫拉克利特（约前530—前470），认为火是万物的本原。——编者注。

里。"孔子在川上说："逝者如斯夫，不舍昼夜。"都是这个道理。何况近代物理学家更告诉我们电子无时无刻不在震荡的道理。人生在宇宙中间，还能够停止，不运用自己的生力去适应宇宙的动吗？不能如此，便是"贼天之性"。何况人群的竞争异常剧烈，你不动，他人动，你就落伍。落伍是生命的悲剧。中国受宋儒"主静主敬"学说的流毒太深了。这种学说里面，本来含着一部分印度佛教的成分，是与孔、墨力行的宗旨违背的。我们要把静的人生观摔得粉碎，重新建立动的人生观来。

　　第二，是创造的人生观。我所谓动，不是盲动，是有目的的动，有意识的动，是前进的动，不是后退的动。这就是我们创造性的发挥。我们不只是凭自力创造，而且要运用自力，以发动和征服自然的能力来创造。譬如宇宙间无穷的电力，我们以智慧来驱使它发光发热，供一切人生的需要，这个就叫创造的智慧。人类之有今日，是历代先哲创造的智慧所积成的。我们不能发挥创造的智慧，不但对不起自己的人生，而且对不起先哲心血积成的遗留。保守成功吗？保守就是消耗、衰落、停滞、腐烂与毁灭。又如前代的美术创造品，是有伟大的、特出的，设如你不把它吸收、孕育到自己的创造的智慧里去，再来努力创造，而专门宝藏旧的，那不但旧的不能成为新人生的一部分（我们至多不过享受而已），而且新的、伟大的美术作品永远不会出来。保守的方法无论如何好，旧的因为时间的剥蚀，总有销毁的一天。纵不销毁，那伟大的创作，终究是前人的创作、前时代的创作、有限的创作，而不是本人的创作、现时代的创作、无限的创作。我们不但要"继往",更加要"开来"!

第三,是大我的人生观。我们不要看得人生太小了,太窄了。太小、太窄的人生是发挥不出来的。它一定像没有雨露的花苞,不但开不出来,而且一定萎落,一定僵死。我们所以有现在,是多少人的汗血、心血培成的。就物质而言,则我们吃的、穿的、走的、住的,哪一件不是农夫、工人、商人、工程师、发明家这一般广大的人群所贡献?就精神的粮食而言,哪一项伟大、崇高的哲学思想,美丽、谐和的音乐美术,心动神怡的文学作品,透辟、忠诚的历史记载,凡是涵煦、覆育着我们心灵生活的,不是哲人、杰士的遗留?我们负于大社会的债务太多了。只有借他们方能充实形成小我。反过来,也只有极力发挥小我,扩充小我,才能实现大我。为小我而生存,这生存太无光辉,太无兴趣,太无意识。必须小我与大我合而为一,才能领会到生存的意义;必须将小我来提高大我,推进大我,人群才能向上。不然小我也不过是洪流巨浸中的一个小小水泡,还有什么价值?这就是大我人生观的真义!

人生观不是空悬,是要借生活来实现的。不是身体力行,断不能领会这种人生观的意味,维持它的崇高。所以要实现这三个基本的人生观,必要靠以下三种生活方式:

第一,是力的生活。宇宙没有力如何存在?人生没有力如何生存?萎靡、柔懦是人生的大敌。力是生机的表现,是自强不息的活动,是一种向上的欲望。你愿意人叫你软骨动物吗?做人不但要有物质的力,而且要有精神的力;不但行为要有力,而且思想也要有力。有力方才站得住，行得开。科学的好处就在不但能利用自己的力，而且能利用宇宙的力。我们对宇宙的力要能储蓄待用，对自己的力也要储蓄待用。不要轻易地发泄，还要留作伟大的发挥。我们不要忘了，生命就是不断向上、向外、向前努力。

第二，是意志的生活。在这沉迷、沦陷于物质生活的人群中，有几人能实行意志的生活，能领会这种生活的乐趣？不说超人，恐怕要等那特立独行的人吧！非是艰苦卓绝的人，怎配过意志的生活？因为这生活不是肉感的，不是享受的，生命的扩大，哪能不受障碍，障碍就是意志的试验。意志薄弱的人见了困难就逃了，只有意志坚强的人才能运用"力"征服过去。经过痛苦是常事，只有痛苦以后得的甜蜜，才是真有兴趣的甜蜜。但是平庸的人能了解吗？意志坚强的人绝对不怕毁灭，而且自己能够毁灭，毁灭以后，自己更能有伟大的创造，所以战争是意志的试金石。我常论战争说，开战以前计较的是利害的轻重，开战以后计较的是意志的强弱。这就是胜负的关键！不但是有形的军队战争如此，一切生存的战争也是如此。平庸的、退却的、失败的锁链，只有坚强的意志才能扭开。

第三，是强者的生活，能凭借意志去运用力量以征服困难的生活。非强者的生活而何？我所谓强，是强而不暴的强，是"天行健君子以自强不息"的强。强的对面是弱。摇尾乞怜，自己认为不行，便是弱者的象征。强者的象征就是能在危险中过生活。他不但不怕危险，而且乐于接受危险。他知道战争是不能躲避的，所以欢乐地高歌而上战场。他的道德信条是强健、勇猛、无畏、正直、威严、心胸广大、精神奋发。他最鄙视的是软弱、柔靡、恐惧、倚赖、狭小、欺骗、无耻。他因为乐于危险的生活，所以他不求安全。古人说"磐石之安"，但是磐石不是有生命的。无生命的生活，过一万年有什么意思？况且求安全是不可能的事。安全由于平衡，生命哪有固定的平衡？因为你发展，人家也发展，只有以你自己的发展来均衡人家的发展，才能比较安全。能够如此，才能操之在我。所以他永远是主人，不是奴隶。

我上面说过这三种生活，都是要靠身体力行的。前人说"书生误国总空谈"，空谈不但误国，也是误己。坐谈何如起行！生命是进取的，不是等候的。生命是挟着时间前进的，时间哪容等候？柏格森说得好："对于一个有意识的生命，生就是变，变就是成熟，成熟就是不断地创造自己。"所以我们要赶着每一个变动，增加自己生存的力量。

要创造一个新的生命、新的秩序，必须要先创造一个新的风气，这就要靠开风气之先和转移一世风气的人。社会的演进本不是靠多数沉溺于现在的涸潴的人去振拔的，而是靠少数特立独行、出类拔萃的人去超度的。后一种的人对于这种遗大投艰的工作，不只是要用思想去领导，而且要以实行的榜样去领导。看遍历史，都是这样，所以孔、墨都是力行的先哲。明季的颜习斋、李恕谷一般人更主张极端地力行。就拿近代的曾国藩来说，他帮清廷来平太平天国，我们并不赞成；但是当吏偷民惰，政治社会腐败达于极点的时候，能转移一时风气，化乱世而致小康，实在有人所难能的地方。他批评当时的吏治是"大率以畏葸为慎，以姜靡为恭。京官之办事通病有二，曰畏缩，曰琐屑；外官之办事通病有二，曰敷衍，曰颟顸"。所以当时到了"外面完全而中已溃烂"的局面。他论当时的军事，引郑公子突的话，说是"胜不相让，败不相救，轻而不整，贪而不亲"。他感慨当时的世道人心是"无兵不足深忧，无饷不足痛哭，唯求一攘利不先，赴义恐后，忠愤耿耿者不可亟得……殊堪浩叹。"他并不如一般人所想象，以为是一个很谨愿的人，反之，他是一个很聪明而很有才气的人，不过他硬把他的聪明才气内敛，成为一种坚韧的毅力，而表面看过去像是一个忠厚长者。他凭借罗泽南在湖南讲学的一个底子，又凭自己躬行实践号召的力量，结合一班湖南的书生，居然能转移风气，克定大难，为清朝延长了几十年生命。（他转移军队风气的一个例，很值得注意。他不是说当时军队"败不相救"吗？他以"千里相救"为湘军"家法"，所以常常打胜仗。）一个曾国藩在专制政体的旧观念之下，还能以躬行实践号召一时，何况我们具有新的哲学深信，当着这国家、民族生存战争的重大关头？

在这伟大的时代，也是颠簸最剧烈的时代，确定新的人生观，实现新的生活方式，是最迫切而重要的事。方东美先生说："中国先哲遭遇民族的大难，总是要发挥伟大深厚的思想，培养溥博沉雄的情绪，促我们振作精神，努力提高品德，他们抵死推敲生命意义，确定生命价值，使我们脚跟站得住。"当拿破仑战争时代，德国的哲学家菲希特（Fichte）① 讲学发表《告德意志民族》一书，也是这个意思。现在有如孤舟在大海一样，虽然黑云四布，风浪掀天，船身摇动，船上的人衣服透湿，痛苦不堪，只要我们在舵楼上脚跟站稳，望着前面灯塔的光明，沉着地、英勇地鼓着时代的巨轮前进，终能平安地扁舟稳渡。这一点小小的恶作剧，不过是大海航程中应有的风波！

（《新人生观》）

---

① 今译费希特（1762—1814），德国哲学家。——编者注。

罗家伦（1897—1969），著名教育家、思想家、社会活动家；"五四运动"中的活跃人物，首次提出"五四运动"这个名词。1914年入上海复旦公学，1917年在北京大学主修外国文学。1920年赴美国普林斯顿大学、哥伦比亚大学留学，后又去英国伦敦大学、德国柏林大学、法国巴黎大学学习。1926年回国后参加北伐，后任清华大学、中央大学校长。1947年出任国民政府驻印度大使。著有《新人生观》《科学与玄学》等。

信仰，理想，热忱

罗家伦

我们生在怎样一个奇怪的世界！一面有伟大的进步，一面是无情的摧毁；一面是精微的知识，一面做残暴的行动；一面听道德的名词，一面看欺诈的事实；一面是光明的大道，一面是黑暗的深渊。宗教的势力衰落，道德的藩篱颓毁，权威的影响降低。旧的信仰也已经式微，新的信仰尚未树立。在这青黄不接的时代，自有光怪陆离的现象。于是一般人趋于彷徨，由彷徨而怀疑，由怀疑而否定，由否定而充分感觉到生命的空虚。

这个人生的严重问题，不但中国有，而且西洋也有。一位现代西班牙的思想家阿特嘉（Ortega①，见其所著 *The Revolt of*

①今译奥特加·伊·加塞特（1883—1955），20世纪西班牙最伟大的思想家之一，被誉为西班牙的陀思妥耶夫斯基。——编者注。

*Masses*一书）以为这种堤防溃决之后，西洋人也处于一种道德的假期。他说：

> 但是这种假期是不能长久的。没有信条范围，我们在某种形态之下生活，我们的生存（Existence）像是"失业似的"。这可怕的精神境地，世界上最优秀的青年也处在里面。由于感觉自由，脱离拘束，生命反觉得本身的空虚。一种"失业似的"生存，对于生命的否定，比死亡还要不好。因为要生就是要有一件事做——要有一个使命去完成（A Mission to Fulfill）。要避免将生命安置在这事业里面，就是把生命弄得空无所有。

我引阿特嘉这段话，因为他是带自由主义的思想家，并不拥护权威，也不祖护宗教，所以是比较客观的意思。这种惶惑的状态在第二次世界大战以前已有，恐怕在战后的西方还要厉害。人生丧失了信心，是最痛苦而最危险的事。

宗教本来就是要为人生解决安身立命的问题，要为人生求得归宿。宗教起于恐惧与希望（Fear and Hope）。恐惧是怕受末日的裁判，希望是欲求愿望的满足。宗教，"广义来说，是人对于超现实世界的信仰"。"一个民族的宗教，在超现实的世界里反映这民族本身的意志，在这超现实的世界里，实现他内心最深处的愿望。"这是德国哲学家包尔森（Friedrich Paulsen）[①] 的名言。

"宗教与道德有同一的起源——就是同出于意志对于尽善尽美（Perfection）的渴望。但是在道德里是要求，在宗教里就变为实体。"这也是同一哲学家的论断。

但是他还有一段论信仰最精辟的话："有信仰和行动的人总是相信将来是在他这边的。""没有信仰，这世界里就没有一件真正伟大的事业完成。一切的宗教都是以信仰为基础。从信仰里，这些宗教的祖师和门徒克服了世界。因为信仰主张，所以殉道者为这主张而生活，而奋斗，而受苦受难。他们死是因为他们相信最高的善能有最后的胜利，所以肯为它而牺牲。若是不相信他的主张能有最后和永久的成功的话，谁肯为这主张而死？若是把这些事实去掉的话，世界的历史还剩些什么？"

这话深刻极了！这不但是为宗教的成就说法，推而广之，是为世界一切伟大的成就说法。

是的，一切的宗教都是以信仰为基础，但是一切人类的伟迹，政治的、社会的、文化的，何曾不是以信仰为基础？若是一个人自己对于自己所学的、所做的都没有信心，那还说什么？对于自己所从事的还不相信，那不但这事业不会有成就，而且自己的生命也就没有意义。

---

①今译包尔生（1846—1908），又译保尔逊、泡尔生等，德国著名哲学家、伦理学家、教育家。——编者注。

就是读书的疑古，也不过是教你多设几个假定，多开几条思路而已，不是教你怀疑这工作的本身。"我思故我在"，这是笛卡儿①对于做过种种怀疑工作后的结论。若是持绝对的怀疑论，那必至否定一切、毁灭一切而后已。

宗教不过是信仰的一种表现，虽然它常是强烈的表现。但是普通所谓宗教，乃是指有教条、有仪式、有组织的形式宗教（Formal Religion）而言。相信这种宗教的人，自有他的精神上的安慰，他人不可反对他，他也不能强人尽同。至于信仰（Faith），是人人内心都有的，也可以说是一种宗教心，却不一定表现在宗教，而能寄托在任何事业方面。

信宗教的人固有以身殉道者，但是不信宗教的人也不少成仁取义者。如苏格拉底的临死不阿，是他信仰哲学的主张；文天祥的从容就义，是他信仰孔、孟的伦理。这可见信仰力量的弥漫绝不限于宗教。

最纯洁的信仰是对于高尚理想的信仰，它是超越个人祸福观念的。生前的利害不足萦其心，生后的赏罚也不在其念。至于借忏悔以图开脱，凭奉献以图酬报的低等意识，更不在他话下了！

最纯洁的信仰，是经知识锻炼过的，是经智慧的净水洗清过的，从哲学方面来讲，它是对于最高尚的理想之忠（Loyalty

①又译笛卡尔（1596—1650），法国哲学家、数学家和物理学家。——编者注。

to the Ideal）。人类进步了，若是他对他的理想没有知识的深信（Intellectual Conviction），他绝不能拼命地效忠。近代哲学家罗哀斯（J. Royce）① 说：你最效忠，"你就得决定那一个值得你效忠的主张去效忠"（见其所著的 *The Philosophy of Loyalty*）。这里知识的判断就来了。若是你所相信的东西里面，知识的发现告诉你是有不可靠、不可信的成分在里面，那你的信仰就摇动了。若是知识的判断对你所相信的更加一种肯定（Reaffirmation），那你的信仰更能加强。所以知识是不会摧毁信仰，而且可以加强信仰的。比如"原始罪恶"、"末日裁判"和一切"灵迹"涤除以后，不但可以使基督教徒解除许多恐惧，使他不存不可能的希望，而且可以使他的哲学格外深刻化，笼罩住一部分西洋的哲学家和科学家的信心。这就是一个例子。知识能为信仰涤瑕荡垢，那信仰便更能皎洁光莹。

人固渴望尽善尽美的境界，然而渴望的人对于这境界的认识有多少阶段、若干浓度的不同。希腊人思想中以为阿灵辟亚山② 上的神的境界是尽善尽美的，希伯来人思想中以为天堂是尽善尽美的。最早的观念最幼稚，最模糊；知识愈进步，则这种认识愈高妙，愈深湛。所以我说理想是人生路程上的明灯，愈进一步，愈能把前途的一段照得明亮。世界上只有进展的理想，

---

①今译罗伊斯（1855—1916），美国新黑格尔主义最有代表性的人物。——编者注。

②今译奥林匹斯山（Olympus），位于希腊北部。——编者注。

没有停滞的理想。唯有这种进展的理想，最能引起我们向上的兴趣。

信仰是要求力量来表现的，理想不是供人清玩和赏鉴的。要实现信仰，达到理想，不能不靠热忱（Zeal）。热忱是人生有定向而专一（Devotion）的内燃力。要它有效，就应当使它根据确切的认识而发，使它不是盲目的；若是没有智慧去引导它，调节它，它也容易横溃，容易过度。如所谓宗教的疯狂者（Religious Fanatic），正是过度热忱到了横溃的表现。这是热忱的病态，不是热忱的正常。

对于一件事，一个使命，他有这种知识的深信，认为值得干的，就专心致志，拼命地去干，危难不变其节，死生不易其操，必须干好而后已，这才是表现我所谓真正的热忱。

热忱常为宗教所启发，这固然是因为热忱与信仰有关，也因为宗教里面本来带有情感的成分。情感是热忱的源泉，感情淡薄的人绝不会有热忱。但是情感易于泛滥，易于四面散失，必须锻炼过，使其专一而有定向，方能化为热忱。

我常觉得我们中国人热忱太少，现在许多事弄不好，正是因为许多做事的人对于他所做的事的热忱太缺乏。他觉得他所做的事只是一种应付，而不是一件使命。这是什么缘故呢？有人说是因为我们宗教心太缺乏。是的，我们宗教心——信仰——很缺乏，集体的宗教生活不够。我们对于宗教信仰的容忍态度虽然说是我们的美德，但是也正是因为我们缺乏宗教热忱的缘故。有人说是我们情感的生活不丰富。也是的。我不能说我们中国人的情感淡薄，但是我们向不注重情感的陶镕和给予情感以正常的刺激——如西洋宗教的音乐之类——并且专门想要压迫情感，摧残情感。宋儒"明天理，灭人欲"之辩，似乎认为情感是人欲方面的，要不得的，于是倡为"惩忿窒欲"之论，弄得人毫无生气。王船山在《周易外传》论"损"的一段里反对这种意见最为透辟，他说："性主阳以用壮，大勇浩然，亢王侯而非忿。情宾阴而善感，好乐无荒，思辗转而非欲。而尽用其惩，益摧其壮，竟加以窒，终绝其感。一自以为马，一自以为牛，废才而处于锊。一以为寒岩，一以为枯木，灭情而息其生。彼佛老者皆托损以鸣修，而岂知所谓损者。"王船山所谓"大勇浩然，亢王侯而非忿"，正是正义感的发泄。他所谓"好乐无荒，思辗转而非欲"，正是优美情绪的流露。而他所谓"佛老"，乃是指掺杂佛老思想的宋儒。弄到大家都成为寒岩、枯木，还有什么情感可言。况且情感不善培养与引导，终至于横溃。中国人遇着小事容易"起哄"，就是感情没有正当发泄的结果。很爱中国的哲学家罗素，为我们说了许多好话，但是论中国人性格的时候，他说我们是一个容易起哄（Excitable）的民族，并且说这是一件危险的现象，容易闯大乱子。这是值得我们反省的诤言。中国人热忱不发达的原因还有一个，就是一般所谓"看得太透了"。讽刺地说，也可以说是"太聪明了"。把什么事都看得太透了，还有什么意义？就是做人也可以说是没有什么意思，那还有什么勇气去做事？这是享乐派的态度（Hedonistic Attitude），这实在是很有害处而须纠正的。

罗克斯说："任何一个忠的人，无论他为的是什么主张，总是专一的，积极动作的，放弃私人的意志，约束自己，爱他的主张，信他的主张。"我们国家、民族正需要这样忠的人！

在这紊乱的世界，我们不能老是彷徨，长此犹豫，总持着怀疑的心理、享乐的态度，这必定会使生命空虚，由否定生命而至于毁灭生命。我们虽然遇着过人之中有坏的，但是不能对于人类无信心；虽然目击强暴，不能对于公理无信心；虽然知道有恶，不能对于善无信心；虽然看见有丑，不能对于美无信心；虽然认识有假，不能对于真无信心。我们要相信人类是要向上的，是可以进步的，我们的理想是可以达到的，我们的努力是不会白费的，因为宇宙的、人生的本体是真实的。纯洁的信仰，高尚的理想，充分的热忱，是我们改造世界、建设笃实光辉的生命的无穷力量！

（《新人生观》）

朱光潜（1897—1986），字孟实。安徽桐城人。现代著名美学家、文艺理论家、教育家和翻译家。先在香港大学学习，后留学英国、法国和德国，获文学硕士、博士学位。1933年回国后，先后在北京大学、四川大学、武汉大学任教。朱光潜是继王国维之后的一代美学宗师，对中西文化研究都有很高的造诣，所著《悲剧心理学》《文艺心理学》等具有开创性意义。

谈人生与我

朱光潜

朋友：

我写了许多信，还没有郑重其事地谈到人生问题，这是一则因为这个问题实在太谈滥了，一则也因为我看这个问题并不如一般人看得那样重要。在这最后一封信里，我之所以提出这个滥题来讨论者，并不是要说出什么一番大道理。不过把我自己平时几种对于人生的态度随便拿来做一次谈料。

我有两种看待人生的方法。在第一种方法里，我把我自己摆在前台，和世界一切人和物在一块玩把戏。在第二种方法里，我把我自己摆在后台，袖手看旁人在那儿装腔作势。

站在前台时，我把我自己看得和旁人一样，不但和旁人一样，并且和鸟兽虫鱼诸物类也都一样。人类比其他物类痛苦，就因为人类把自己看得比其他物类重要。人类中有一部分人比其余的人苦痛，就因为这一部分人把自己比其余的人看得重要。比方穿衣、吃饭是多么简单的事，然而在这个世界里居然成为一个极重要的问题，就因为有一部分人要亏人自肥。再比方生死，这又是多么简单的事，无量数人和无量数物都已生过来死过去了。一个小虫让车轮压死了，或者一朵鲜花让狂风吹落了。在虫和花自己都绝不值得计较或留恋，而在人类则生老病死以后偏要加上一个苦字。这无非是因为人们希望造物真宰待他们自己应该比草木虫鱼特别优厚。

因为如此着想，我把自己看作草木虫鱼的侪辈。草木虫鱼在和风甘露中是那样活着，在炎暑寒冬中也还是那样活着。像庄子所说的，它们"诱然皆生，而不知其所以生；同焉皆得，而不知其所得"。它们时而戾天跃渊，欣欣向荣，时而含葩敛翅，晏然蛰处，都顺着自然所赋予的那一副本性。它们绝不计较生活应该是如何，绝不追究生活是为着什么，也绝不埋怨上天待它们特薄，把它们供人类宰割凌虐。在它们说，生活自身就是方法，生活自身也就是目的。

从草木虫鱼的生活，我学得一个经验。我不在生活以外别求生活方法，不在生活以外别求生活目的。世间少我一个，多我一个，或者我时而幸运，时而受灾祸侵逼，我以为这都无伤天地之和。你如果问我，人们应该如何生活才好呢？我说，就顺着自然所给的本性生活着，像草木虫鱼一样。你如果问我，人们生活在这变幻无常的世相中究竟为着什么？我说，生活就是为着生活，别无其他目的。你如果向我埋怨天公说，人生是多么苦恼呵！我说，人们并非生在这个世界来享幸福的，所以那并不算奇怪。

这并不是一种颓废的人生观。你如果说我的话带有颓废的色彩，我请你在春天到百花齐放的园子里去，看看蝴蝶飞，听听鸟儿鸣，然后再闯到十字街头，仔细瞧瞧人们的面孔，你看谁是活泼，谁是颓废？请你在冬天积雪凝寒的时候，看看雪压的松树，看看站在冰上的鸥和游在冰下的鱼，然后再回头看看遇苦便叫的那"万物之灵"，你以为谁比较能耐苦持恒呢？

我拿人比禽兽，有人也许目为异端邪说。其实我如果要援引经典，称道孔孟，以辩护我的见解，也并不是难事。孔子所谓"知命"，孟子所谓"尽性"，庄子所谓"齐物"，宋儒所谓"扩然大公，物来顺应"，和希腊廊下派哲学，我都可以引申成一篇经义文，做我的护身符。然而我觉得这大可不必。我虽不把自己比旁人看得重要，我也不把自己看得比旁人分外低能，如果我的理由是理由，就不用仗先圣先贤的声威。

以上是我站在前台对于人生的态度。但是我平时很欢喜站在后台看人生。许多人把人生看作只有善恶分别的，所以他们的态度不是留恋，就是厌恶。我站在后台时，把人和物也一律看待，我看西施、嫫母、秦桧、岳飞也和我看八哥、鹦鹉、甘草、黄连一样，我看匠人盖屋也和我看鸟鹊营巢、蚂蚁打洞一样，我看战争也和我看斗鸡一样，我看恋爱也和我看雄蜻蜓追雌蜻蜓一样。因此，是非善恶对我都无意义，我只觉得对着这些纷纭扰攘的人和物，好比看图画，好比看小说，件件都很有趣味。

这些有趣味的人和物之中自然也有一个分别。有些有趣味，是因为它们带有很浓厚的喜剧成分；有些有趣味，是因为它们带有很深刻的悲剧成分。

我有时看到人生的喜剧。前天遇见一个小外交官，他的上下巴都光光如也，和人说话时却常常用大拇指和食指在腮旁捻一捻，像有胡须似的。他们说这是官气。我看到这种举动比看诙谐画还更有趣味。许多年前一位同事常常很气愤地向人说："如果我是一个女子，我至少已接得一尺厚的求婚书了！"偏偏他不是女子，这已经是喜剧；何况他又麻又丑，纵然他幸而为女子，也绝不会有求婚书的麻烦，而他却以此沾沾自喜，这总算得喜剧之喜剧了。这件事和英国文学家高尔司密①的一段逸事一样有趣。他有一次陪几个女子在荷兰某一个桥上散步，看见桥上行人个个都注意他同行的女子，而没有一个人睬他自己，便板起面孔很气愤地说："哼，在别的地方也有人这样看我咧！"如此等类的事，我天天都见得着。在闲静寂寞的时候，我把这一类的小事件从记忆中召回来，寻思玩味，觉得比抽烟、饮茶还更有味。老实说，假如这个世界中没有曹雪芹所描写的刘姥姥，没有吴敬梓所描写的严贡生，没有莫里哀所描写的达杜夫和夏白贡，生命更不值得留恋了；我感谢刘姥姥、严贡生一流人物，更甚于我感谢钱塘的潮和匡庐的瀑。

---

①今译哥德史密斯（1730—1774），诗人、剧作家、小说家。其代表作有《关于欧洲纯文学现状的探讨》（散文）、《世界公民》（小说）、《荒村》（诗歌）、《委曲求全》（剧本）等。——编者注。

其次，人生的悲剧尤其能使我惊心动魄。许多人因为人生多悲剧而悲观厌世，我却以为人生有价值正因其有悲剧。我在几年前做的《无言之美》里曾说明这个道理，现在引一段来：

> 我们所居的世界是最完美的，就因为它是最不完美的。这话表面看去，不通已极，但是实在含有至理。假如世界是完美的，人类所过的生活——比好一点是神仙的生活，比坏一点就是猪的生活——便呆板、单调已极，因为倘若件件都尽美尽善了，自然没有希望发生，更没有努力奋斗的必要。人生最可乐的就是活动所生的感觉，就是奋斗成功而得的快慰。世界既完美，我们如何能尝创造成功的快慰？这个世界之所以美满，就在有缺陷，就在有希望的机会，有想象的田地。换句话说，世界有缺陷，可能性才大。

这个道理李石岑先生在其所发表的《缺陷论》里也说得很透辟。悲剧也就是人生一种缺陷。它好比洪涛巨浪，令人在平凡中见出庄严，在黑暗中见出光彩。假如荆轲真正刺中秦始皇，林黛玉真正嫁了贾宝玉，也不过闹个平凡收场，哪得叫千载以后的人唏嘘赞叹？以李太白那样天才，偏要和江淹戏弄笔墨，做了一篇《反恨赋》，和《上韩荆州书》一样庸俗无味。毛声山评《琵琶记》，说他有意要做《补天石传奇》十种，把古今几件悲剧都改个快活收场。他没有实行，总算是一件幸事。人生本来要有悲剧才能算人生，你偏想把它一笔勾销。不说你勾销不去，就是勾销去了，人生反更索然寡趣。所以我无论站在前台或站在后台时，对于失败，对于罪孽，对于殃咎，都是用一副冷眼看待，都是用一个热心惊赞。

朋友，我感谢你费去宝贵的时光读我的这十二封信。如果你不厌倦，将来我也许常常和你通信闲谈，现在让我暂时告别吧！

写过十二封信给你的朋友，光潜。

(《给青年的十二封信》)

梁漱溟（1893—1988），著名思想家、哲学家、教育家、社会活动家，现代新儒家早期代表人物，有"中国最后一位儒家"之称，在 20 世纪中国思想史和哲学史上有重要地位。1912 年自北京顺天中学毕业。1917 年应聘到北京大学哲学系任讲师。1919 年出版《印度哲学概论》，1922年出版《东西文化及其哲学》，1929 年到北平主编《村治月刊》，1937 年出版《乡村建设理论》，1949 年出版《中国文化要义》。

人生的意义

梁漱溟

一

人们常常爱问：人生有没有目的？有没有意义？不知同学们对于这一类的问题想过没有？如果想过，其答案为何？要是大家曾用过一番心思，我来讲这问题就比较容易了，你们就可以比较容易地了解我的说话。

我以为人生不好说有目的，因为目的是在后来才有的事。我们先要晓得什么叫作目的，比如，我们这次来兴安，是想看灵渠，如果我们到了兴安，而没有看到灵渠，那便可以说没有达到目的，要是目的的意思是如此的话，人生便无目的。乘车来兴安是手段，看灵渠是目的，如此目的、手段分别开来，是人生行事所恒有。但一事虽可如此说，而整个人生则不能如此说。

整个宇宙是逐渐发展起来的，天、地、山、水，各种生物，形形色色慢慢展开，最后才有人类，有我。人之有生，正如万物一样是自然而生的。天雨水流，莺飞，草长，都顺其自然，并无目的。我未曾知道，而已经有了我。此时再追问"人生果为何来？"或"我为何来？"已是晚了。倘经过一番思考，决定一个目的，亦算不得了。

以上是讲人生不好说有目的，是第一段。

二

人生虽不好说有目的，但未尝不可说人生有其意义。人生的意义在哪里？人生的意义在创造！

人生的意义在创造，是于人在万物中比较出来的。

宇宙是一大生命，从古到今不断创造，花样翻新造成千奇百样的大世界。这是从生物进化史到人类文化史一直演下来没有停的。但到现在代表宇宙大生命表见其创造精神的，却只有人类，其余动物界已经成了刻板的文章，不能前进。例如，稻谷一年一熟或两熟，生出来，熟落去，年年如是，代代如是。又如鸟雀，老鸟生小鸟，小鸟的生活还如老鸟一般无二，不像是创造的文章，而像是花板文章了。亦正如推磨的牛马，一天到晚行走不息，但转来转去，终归是原来的地方，没有前进。

到今天还能代表宇宙大生命，不断创造、花样翻新的是人类，人类的创造表见在其生活上、文化上不断地进步。文化是人工的、人造的，不是自然的、本来的。

　　总之，是人运用他的心思来改造自然供其应用。而人群之间关系组织亦随有迁进。前一代传于后一代，后一代却每有新发明，不必照旧，前后积累，遂有今天政治、经济、文物制度之盛。今后还有我们不及见、不及知的新文化、新生活。

　　以此我们说，人生意义在创造，宇宙大生命创造无己的趋势在动植物方面业已不见，现在全靠人类文化来表现了，是第二段。

三

　　人类为何能创造，其他的生物为何不能创造？那就是因为人类会用心思，而其他一切生物大都不会用心思。人生的意义就在他会用心思去创造。要是人类不用心思，便辜负了人生，不用心思，不创造，便枉生了一世，所以我们要时时提醒自己，要用心思，要创造。

　　什么是创造，什么是非创造，其间并无严整的界限。科学家一个新发明固然是创造，文学家一篇新作品固然是创造，其实一个小学生用心学习手工或造句作文，亦莫非创造。极而言之，人的一举一动、一颦一笑亦莫不可有创造在内。不过创造有大有小，其价值有高有低。有的人富于创造性，有的则否。譬如灵渠是用了一番大的心思的结果，但小而言之，其间一念之动、一手之劳亦都是创造。是不是创造要看是否用了心思，用了心思，便是创造。

四

创造有两方面,一是表现于外面的,如灵渠便是一种很显著的创造,他如写字作画,政治事功,种种也是同样的创造,这一方面的创造,我们可借用古人的话来名之为"成物"。还有一种是外面不大容易看得出来的,在一个人生命上的创造。比如一个人的明白、通达或一个人的德性,其创造不表现在外面事物,而在本身生命。这一面的创造,我们也可以用古人的话来名它,名之为"成己"。换言之,有的人是在外成就的多,有的人在内成就的多。在内的成就如通达、灵巧、正大、光明、勇敢等说之不尽。但细讲起来,成物者,同时亦成己。如一本学术著作是成物,学问家的自身的智力、学问即是成己;政治家的功业是成物,政治家的自身的本领、人格又是成己了。反之,成己者同时亦成物。如一德性、涵养好的人是成己,而其待人接物行事亦莫非成物。又一开明、通达的人是成己,而其一句话说出来,无不明白、透亮,正是成物了。

五

以下我们将结束这个讲演,顺带指出我们今日应当努力创造的方向。

首先要知道,我们生在一个什么时代?我们实生在一个特殊的时代,一个大变动的时代。就整个人类来说,是处在一个人类历史空前大转变的时代,也可以说是文化需要大改造的时代。而就中国一国来说，几千年的老文化，传到近百年来，因为西洋文化侵入正叫我们几千年的老文化不得不改造。我们不能像其他时代的人那样，可以不用心思，因为我们这个时代亟待改造。因为要改造，所以非用心思不可，也可以说非用心思去创造不可。我们要用心思替民族并替人类开出一个前途，创造一个新的文化。

大家都常说"抗战建国"，但中国不是早有在此地吗？何以尚要建国？这就是要建造新中国社会，明白地说，即是建造新政治、新经济，统而言之，新文化或新的社会生活。因为老的社会生活已经破坏了，而新的社会生活却没有成功，青黄不接，所以我们有种种生活上的痛苦，因此，我们非用心思去创造不可。这一伟大的创造，是联合全国人共同来创造，不是各个人的小创造、小表见，乃至要联合全世界人共同来创造新世界，不是各自求一国的富强而止的那回旧事。

我们生在今日谁都脱不了这责任。你们年轻的同学，责任更多。你们眼前的求学重在成己，末后却要重在成物。眼前不忙着有表见，却必要立志为民族、为世界解决大问题，开辟新文化。这样方是合于宇宙大生命的创造精神，而实践了人生的意义。

（卅一年十二月为广西兴安初中讲）

（《漱溟最近文录》）

林语堂（1895—1976），现代著名作家、翻译家、语言学家。福建龙溪人。1916 年在上海圣约翰大学获得学士学位，1920 年获哈佛大学文学硕士学位，1923 年获德国莱比锡大学语言学博士学位。曾任北京大学英文学系语言学教授、厦门大学文学系主任兼国学院秘书、联合国教科文组织艺术文学组组长、国际笔会副会长等职。其用英文所著《吾国与吾民》《生活的艺术》《京华烟云》等被译为多国文字。

言志篇

林语堂

古人言士各有志，不过言志并不甚易。在言志时，无意中还是"载道"，八分为人，二分为己，所以失实，况且中国人有一种坏脾气，留学生炼牛皮，必不肯言炼牛皮之志，而文之曰"实业救国"。假如他的哥哥到美国学农业，回来开牛奶房，也不肯言牛奶房之志，只说是"农村立国"。《论语·言志》篇①，子路、冉求、公西华各有一大篇载道议论，虽然经"夫子哂之"，一点也尚不敢率尔直言，须经夫子鼓励一番，谓："何伤乎？亦各言其志也。"始有"春服既成"一段真正言志的话。不图方巾气者所必吐弃之小小志尚，反得孔子之赞赏。孔子之近情，与方巾气者之不近情，正可于此中看出。此姑且撇过不谈。

---

① 此处应为《论语·先进》篇。——编者注。

常言男子志在四方，实则各人于大志之外，仍不免有个人所谓
理想生活。要人挂冠，也常有一番言志议论，便是言其理想生
活。或是归田养母，或是出洋留学，但这也不过一时说说而已。
向来中国人得意时信儒教，失意时信道教，所以来去出入，都
有照例文章，严格地言，也不能算为真正的言志。

据说古希腊有圣人代阿今尼思，一日正在街上滚桶中晒日，
遇见亚力山大帝来问他有何所请。代阿今尼思客气地答曰："请
皇帝稍为站开，不要遮住太阳，便感恩不尽了。"这似乎是代阿
今尼思的志愿。他是一位清心寡欲的人，冬夏只穿一件破衲，
坐卧只在一只滚桶中。他说人的欲愿最少时，便是最近于神仙
快乐之境。他本有一只饮水的杯，后来看见一孩子用手辫水而
饮，也就毅然将杯抛弃，于是他又觉得比前少了一种挂碍，更
加清净了。

代阿今尼思的故事常叫人发笑，因为他所代表的理想正与
现代人相反。近代人是以一人的欲愿之繁多为文化进步的衡量。
老实说，现代人根本就不知他所要的是什么。在这种地方，发
现许多矛盾，一面提倡朴素，又一面舍不得洋楼、汽车。有时
好说金钱之害，有时却被财魔缠心，做出许多尴尬的事来。现
代人听见代阿今尼思的故事，不免生羡慕之心，却又舍不得要
看一部真正好的嘉宝①的影片。于是乃有所谓言行之矛盾及心灵

①葛丽泰·嘉宝（1905—1990），美国电影史上最著名的女明星之一。——
编者注。

之不安。

自然，要爽爽快快打倒代阿今尼思的主张并不很难。第一，代阿今尼思生于南欧天气温和之地，所以寒地女子要穿一件皮大氅，也不必于心有愧。第二，凡是人类，总应该至少有两套里衣，可以替换。在书上的代阿今尼思也许好像一身仙骨，传出异香来，而在实际上，与代阿今尼思同床共被，便不怎样爽神了。第三，将这种理想贯注于小学生脑中是有害的，因为至少教育须养成学子好书之心，这是代阿今尼思所绝对不看的。第四，代阿今尼思生时尚未有电影，也未有 *Mickey Mouse* 的滑稽影戏画，无论大人、小孩子说他不要看 *Mickey Mouse*，一定是已失其赤子之心，这种朽腐的魂灵，再不会于吾人文化有什么用处。总而言之，一人对于环境，能随时注意，理想兴奋，欲愿繁复，比一枯槁待毙的人心灵上较丰富，而于社会上也比较有作为。乞丐到了过屠门而不大嚼时，已经是无用的废物了。诸如此类，不必细述。

代阿今尼思所以每每引人羡慕者，毛病在我们自身。因为现代人实在欲望太奢侈了，并且每不自知所欲为何物。富家妇女一天打几圈麻将，也自觉麻烦。电影明星在灯红酒绿的交际上，也自有其觉到不胜烦躁，而只求一小家庭过清净生活之时。朝朝寒食、夜夜元宵之人，也有一旦不胜其腻烦之觉悟。若西人百万富翁之青年子弟，一年渡大西洋四次，由巴黎而南美洲，而尼司①，而纽约，而蒙提卡罗②，实际上只在躲避他心灵的空虚而已。这种人常会起了一念，忽然跑入僧寺或尼姑庵，这是报上所常见的事实。

我想在各人头脑清净之时，盘算一下，总会觉得我们绝不会做代阿今尼思的信徒，总各有几样他所求的志愿。我想我也有几种愿望，只要有志去求，也并非绝不可能的事。要在各人看清他的志操，有相当的抱负，求之在己罢了。这倒不是外方所能移易。兹且举我个人理想的愿望如下，这些愿望十成中能得六七成，也就可算为幸福儿了。

我要一间自己的书房，可以安心工作。并不要怎样清洁齐整。不要一位 *Story of San Michele* 书中的 Mademoiselle Agathe，拿她的揩布到处乱揩乱擦。我想一人的房间，应有几分凌乱，七分庄严中带三分随便，住起来才舒服，切不可像一间和尚的斋堂，或如府第中之客室。天罗板下，最好挂一盏佛庙的长明灯，入其室，稍有油烟气味。此外又有烟味、书味及各种不甚了了的房味。最好是沙发上置一小书架，横陈各种书籍，可以随意翻读。种类不要多，但不可太杂，只有几种心中好读的书，及几次重读过的书——即使是天下人皆詈为无聊的书也无妨。不要理论太牵强、板滞乏味之书，但也没什么一定标准，只以合个人口味为限。西洋新书可与《野叟曝言》杂陈，孟德斯鸠可

---

①今译尼斯（Nice），法国南部地中海沿岸城市。——编者注。
②今译蒙特卡洛（Monte Carlo）。——编者注。

与福尔摩斯小说并列。不要时髦书，T. S. Elliot、Jame Joyces等，袁中郎有言，"读不下去之书，让别人去读"便是。

我要几套不是名士派但亦不甚时髦的长褂，及两双称脚的旧鞋子。居家时，我要能随便闲散的自由。虽然不必效顾千里①裸体读经，但在热度九十五以上②之热天，却应许我在佣人面前露了臂膀，穿一短背心了事。我要我的佣人随意自然，如我随意自然一样。我冬天要一个暖炉，夏天要一个浇水浴房。

我要一个可以依然故我不必拘牵的家庭。我要在楼下工作时，听见楼上妻子言笑的声音，而在楼上工作时，听见楼下妻子言笑的声音。我要未失赤子之心的儿女，能同我在雨中追跑，能像我一样地喜欢浇水浴。我要一小块园地，不要有遍铺绿草，只要有泥土，可让小孩搬砖弄瓦，浇花种菜，喂几只家禽。我要在清晨时，闻见雄鸡"喔喔"啼的声音。我要房宅附近有几棵参天的乔木。

我要几位知心友，不必拘宗成法，肯向我尽情吐露他们的苦衷。谈话起来，无拘无碍，《柏拉图》与《品花宝鉴》念得一样烂熟。几位可与深谈的友人，有癖好、有主张的人，同时能尊重我的癖好与我的主张，虽然这些也许相反。

我要一位能做好的清汤、善烧青菜的好厨子。我要一位很老的老仆，非常佩服我，但是也不甚了了我所做的是什么文章。

---

①顾千里（1766—1853），清代著名藏书家，人称"万卷先生"。——编者注。
②此处应为华氏温度，指摄氏温度35度以上。——编者注。

　　我要一套好藏书，几本明人小品，壁上一帧李香君画像让我供奉，案头一盒雪茄，家中一位了解我的个性的夫人，能让我自由做我的工作。酒却与我无缘。

　　我要院中几棵竹树，几棵梅花。我要夏天多雨，冬天爽亮的天气，可以看见极蓝的青天，如北平所见的一样。

　　我要有能做我自己的自由，和敢做我自己的胆量。

徐志摩（1897—1931），现代诗人、散文家，新月派代表诗人。早年先后就读于上海沪江大学、天津北洋大学和北京大学。1918 年和 1921 年先后赴美国、英国留学。1922 年回国。1923 年参与发起成立新月社，加入文学研究会。1924 年与胡适、陈西滢等创办《现代诗评》周刊。印度大诗人泰戈尔访华时任翻译。1926 年与闻一多、朱湘等人开展新诗格律化运动。1931 年因飞机失事遇难。其代表作品为《再别康桥》《翡冷翠的一夜》。

给抱怨生活干燥的朋友

徐志摩

得到你的信，像是掘到了地下的珍藏，一样的稀罕，一样的宝贵。

看你的信，像是看古代的残碑，表面是模糊的，意致却是深微的。

又像是在尼罗河旁边幕夜，在月亮正照着金字塔的时候，梦见一个穿黄金袍服的帝王，对着我作谜语，我知道他的意思，他说"我无非是一个体面的木乃伊"。

又像是我在这重山脚下半夜梦醒时，听见松林里夜鹰的 Soprano。可怜的遭人厌毁的鸟，它虽则没有子规那样天赋的妙舌，但我却懂得它的怨愤、它的理想，它的急调是它的嘲讽与诅咒。我知道它怎样地鄙蔑一切，鄙蔑光明，鄙蔑烦嚣的燕雀，也鄙弃自喜的画眉。

又像是我在普陀山发现的一个奇景：外面看是一大块岩石，但里面却早被海水蚀空，只剩罗汉头似的一个脑壳，每次海涛向这岛身搂抱时，发出极奥妙的声响，像是情话，像是诅咒，像是祈祷在雕空的石笋、钟乳间呜咽，像大和琴的谐音在皋雪格的古寺的花椽、石楹间回荡——但除非你有耐心与勇气，攀下几重的石岩，俯身下去凝神地察看与倾听，你也许永远不会想象，不必说发现这样的秘密。

又像是……但是我知道，朋友，你已经听够了我的比喻，也许你愿意听我自然的嗓音与不做作的语调，不愿意收受用幻想的亮箔包裹着的话，虽则我不能不补一句，你自己就是最喜欢从一个弯曲的白银喇叭里，吹弄你的古怪的调子。

你说："风大土大，生活干燥。"这话仿佛是一阵奇怪的凉风，使我感觉一个恐惧的战栗：像一团飘零的秋叶，使我的灵魂里掉下一滴悲悯的清泪。

我的记忆里，我似乎自信，并不是没有葡萄酒的颜色与香味，并不是没有妩媚的微笑的痕迹，我想我总可以抵抗你那句灰色的语调的影响——

是的，昨天下午我在田里散步的时候，我不是分明看见两块凶恶的黑云消灭在太阳猛烈的光焰里；五只小山羊，兔子一样的白净，听着它们妈的吩咐在路旁寻草吃；三个捉草的小孩在一个稻屯前抛掷镰刀。自然的活泼给我不少的鼓舞，我对着白云里矗着的宝塔喊说我知道生命是有意趣的。

今天太阳不曾出来，一捆捆的云在空中紧紧地挨着，你的那句话碰巧又添上了几重云蒙，我又疑惑我昨天的宣言了。

我也觉得奇怪，朋友，何以你那句话在我的心里，竟像白垩涂在玻璃上，这半透明的沉闷是一种很巧妙的刑罚，我差不多要喊痛了。

我向我的窗外望，暗沉沉的一片，也没有月亮，也没有星光，日光更不必想，它早已离别了。那边黑蔚蔚的是林子，树上，我知道，是夜鹗的寓处；树下累累地在初夜的微芒中排列着，我也知道，是坟墓，僵的白骨埋在硬的泥里，磷火也不见一星。这样的静，这样的惨，黑夜的胜利是完全的了。

我闭着眼向我的灵府里问讯，呀，我竟寻不到一个与干燥脱离的生活的意象，干燥像一个影子，永远跟着生活的脚后，又像是葱头的葱管，永远附着在生活的头顶。这是一件奇事。

朋友，我抱歉我不能答复你的话，虽则我很想。我不是爽恺的西风，吹不散天上的云罗，我手里只有一把粗拙的泥锹，如其有美丽的理想或是希望要埋葬，我的工作倒是现成的——我也有过我的经验。

朋友，我并且恐怕，说到最后，我只得收受你的影响，因为你那句话已经凶狠地咬入我的心里，像一个有毒的蝎子；已经沉沉地压在我的心上，像一块盘陀石。我只能忍耐，我只能忍耐……

朱光潜（1897—1986），字孟实。安徽桐城人。现代中国著名美学家、文艺理论家、教育家和翻译家。先在香港大学学习，后留学英国、法国和德国，获文学硕士、博士学位。1933年回国后，先后在北京大学、四川大学、武汉大学任教。朱光潜是继王国维之后的一代美学宗师，对中西文化研究都有很高的造诣，所著《悲剧心理学》《文艺心理学》等具有开创性意义。

谈在露浮尔宫所得的一个感想[*]

朱光潜

朋友：

去夏访巴黎露浮尔宫，得摩挲《孟洛里莎》[①]肖像的原迹，这是我生一件最快意的事。凡是第一流美术作品，都能使人在微尘中见出大千，在刹那中见出终古。里阿那多德文奇（Leonardo da Vinci）[②]的这幅半身美人肖像纵横都不过十几寸，可是她的意蕴多么深广！丕德（Walter Pater）[③]在《文艺复兴论》里面说，希腊、罗马和中世纪的特殊精神都在这一幅画里表现无遗。我虽然不知道丕德所谓希腊的生气、罗马的淫欲和

---

[*] 露浮尔宫，今译罗浮宫。——编者注。
[①] 今译《蒙娜丽莎》。——编者注。
[②] 今译列奥纳多·达·芬奇。——编者注。
[③] 今译沃尔特·佩特，英国著名文艺批评家、作家。——编者注。

中世纪的神秘是怎么一回事，可是从那轻盈笑靥里，我仿佛窥透人世的欢爱和人世的罪孽。虽则见欢爱而无留恋，虽则见罪孽而无畏惧。一切希冀和畏避的念头在霎时间都涣然冰释，只游心于和谐、静穆的意境。这种境界我在贝多芬乐曲里、在米罗爱神雕像里、在《浮士特》① 诗剧里也常隐约领略过，可是都不如《孟洛里莎》所表现的深刻明显。

我穆然深思，我悠然遐想，我想象到中世纪人们的热情，想象到里阿那多作此画时费四个寒暑的精心结构，想象到里莎夫人临画时听到四围的缓歌曼舞，如何发出她那神秘的微笑。

正想得发呆时，这中世纪的甜梦忽然被现世纪的足音惊醒，一个法国向导领着一群四五十个男的女的美国人蜂拥而来了。向导操很拙劣的英语指着说："这就是著名的《孟洛里莎》。"那班肥颈项、胖乳房的人们照例露出几种惊奇的面孔，说出几个处处用得着的赞美的形容词，不到三分钟又蜂拥而去了。一年四季，人们尽管川流不息地这样蜂拥而来蜂拥而去，里莎夫人却时时刻刻在那儿露出你不知道是怀善意还是怀恶意的微笑。

从观赏《孟洛里莎》的群众回想到《孟洛里莎》的作者，我登时发生一种不调和的感触，从中世纪到现世纪，这中间有多么深、多么广的一条鸿沟！中世纪的旅行家一天走上二百里已算飞快，现在坐飞艇不用几十分钟就可走几百里了。中世纪的著作家要发行书籍，须得请僧侣或抄胥用手抄写，一个人朝

---

① 今译《浮士德》。——编者注。

于斯夕于斯的，一年还不定能抄完一部书，现在大书坊每日可出书万卷，任何人都可以出文集、诗集了。中世纪许多书籍是新奇的，连在近代，以倍根①、笛卡儿那样渊博都没有机会窥亚里司多德②的全豹，近如包慎伯③，到三四十岁时才有一次机会借阅《十三经注疏》，现在图书馆林立，贩夫走卒也能博通上下古今了。中世纪画《孟洛里莎》的人须自己制画具，自己配颜料，作一幅画往往需三年五载才可成功，现在美术家每日可以成几幅乃至于几十幅"创作"了。中世纪人想看《孟洛里莎》，须和作者或他的弟子有交谊，真能欣赏它，才能侥幸一饱眼福，现在露浮尔宫好比十字街，任人来任人去了。

这是多么深、多么广的一条鸿沟！据历史家说，我们已跨过了这鸿沟，所以我们现代文化比中世纪进步得多了。话虽如此说，而我对着《孟洛里莎》和观赏《孟洛里莎》的群众，终不免有所怀疑，有所惊惜。

在这个现世纪忙碌的生活中，哪里还能找出三年不窥园、十年成一赋的人？哪里还能找出深通哲学的磨镜匠，或者行乞读书的苦学生？现代科学和道德信条都比从前进步了，哪里还能迷信宗教、崇尚侠义？我们固然没有从前人的呆气，可是我们也没有从前人的苦心与热情了。别的不说，就是看《孟洛里

---

①今译培根（1561—1626），英国哲学家、思想家和科学家。——编者注。

②今译亚里士多德（前384—前322），古希腊哲学家、科学家和教育家。他是柏拉图的学生，亚历山大大帝的老师。——编者注。

③包慎伯（1775—1855），清代学者、书法家。——编者注。

莎》也只像看破烂朝报了。

科学愈进步，人类征服环境的能力也愈大。征服环境的能力愈大，本确是人生一大幸福，但是它同时也易生流弊。困难日益少，而人类也愈把事情看得太容易，做一件事不免愈轻浮粗率，而坚苦卓绝的成就也便日愈稀罕。比方从纽约到巴黎，还像从前乘帆船时要经许多时日，冒许多危险，美国人穿过露浮尔宫绝不会像他们穿过巴黎香榭丽舍街一样匆促。我很坚决地相信，如果美国人所谓"效率（Efficiency）"以外，还有其他标准可估定人生价值，现代文化至少含有若干危机的。

"效率"以外究竟还有其他估定人生价值的标准吗？要回答这个问题，我们最好拿法国越姆（Reims）①、亚米安（Amiens）② 各处几个中世纪的大教寺和纽约一座世界最高的钢铁房屋相比较，或者拿一幅湘绣和杭州织锦相比较，便易明白。如只论"效率"，杭州织锦和纽约钢铁房屋都是一样机械的作品，较之湘绣和越姆大教寺，费力少而效率差不多总算没有可指摘之点。但是刺湘绣的闺女和建筑中世纪大教寺的工程师在工作时，刺一针线或垒一块砖，都要费若干心血，都有若干热情在后面驱遣，他们的心眼都钉在他们的作品上，这是近代只讲"效率"的工匠们所诧为呆拙的。织锦和钢铁房屋用意只在

①今译雷姆斯教堂。——编者注。
②今译亚眠大教堂。——编者注。

适用，而湘绣和中世纪建筑于适用以外还要能慰情，还要能为
作者力量、气魄的结晶，还要能表现理想与希望。假如这几点
在人生和文化上自有意义与价值，"效率"绝不是唯一的估定价
值的标准，尤其不是最高品的估定价值的标准。最高品估定价
值的标准一定要着重人的成分（Human Element），遇见一种工
作不仅估量它的成功如何，还要问它是否由努力得来的，是否
为高尚理想与伟大人格之表现。如果它是经过努力而能表现理
想与人格的工作，虽然结果失败了，我们也得承认它是有价值
的。这个道理白朗宁（Browning）[1] 在 *Rabbi Ben Ezva* 那篇诗里
说得最精透，我不会翻译，只择几段出来让你自己去玩味：

> Not on the vulgar mass
>
> Called "work", must sentence pass,
>
> Things done, that took the eye and had the price;
>
> O'er which, from level stand,
>
> The low world laid its hand,
>
> Found straight way to its mind, could value in a trice:
>
> But all, the world's coarse thumb,
>
> And finger failed to thumb,
>
> So passed in making up the main account,
>
> All instincts immature,

①今译布朗宁。——编者注。

All purposes unsure，

That weighed not as his work，yet swelled the man's amount：

Thoughts hardly to be packed，

Into a narrow act，

Fancies that broke through thoughts and escaped：

All I could never be，

All，men ignored in me．

This，I was worth to God，whose wheel The pitcher shaped．

这几段诗在我生平所给的益处最大。我记得这几句话，所以能惊赞热烈的失败，能欣赏一般人所喘笑的呆气和空想，能景仰不计成败的坚苦卓绝的努力。

假如我的十二封信对于现代青年能发生毫末的影响，我尤其虔心默祝这封信所宣传的超"效率"的估定价值的标准能印入个个读者的心孔里去，因为我所知道的学生们、学者们和革命家们都太贪容易，太浮浅粗疏，太不能深入，太不能耐苦，太类似美国旅行家看《孟洛里莎》了。

（《给青年的十二封信》）

曾昭抡（1899—1967），字隽奇，号叔伟，曾国藩二弟曾国潢之曾孙。著名化学家、教育家，中国化学学科的奠基人和早期的领导者之一。1920年毕业于清华学校，同年考取公费赴美留学，入麻省理工学院学习化学工程，1926年获得博士学位。回国后，历任中央大学、北京大学、西南联合大学教授。1948年当选为中央研究院第一届院士。1957年被错划为"右派"，1981年平反昭雪。

中国青年的出路

曾昭抡

一、 现代中国青年的烦闷

烦闷在人类当中是一种普遍的现象，既不限于中国，亦不限于青年，也不限于现在。无论任何时期、任何地方，世界上不容易找到一个人，完全不感觉烦闷。中国人感觉烦闷，外国人也感觉烦闷。古代人有他们的烦恼，我们现在有我们的不安，未来世界也很难超脱此点。至于以年龄而论，青年人固然多少总有他们的苦闷，中年人和老年人又何独不然。如此看来，对于社会上烦闷现象或情绪的存在，我们实在用不着讳言，而应面对事实，加以检讨。

烦闷虽是一种普遍现象，但在程度上则殊有区别。时间、地点、年龄对此均有影响，这是大家公认的事实。目前我们住在一个烦闷情绪特别普遍而且深刻的世界，这也无须否认。二次大战的发生与延续便是造成这种现象的主要因素。在前方与后方不分，或者至少发生密切联系的战争当中，我们的生活一切都受着军事的支配。时局的发展，可能影响每个人的生活或事业。对于现在，大家多少有点忧虑；对于未来，也不免有些悬念。这次战争究竟什么时候会结束？战事发展情形是否真会如我们所期望的一般？战争结束以后，我们个人的生活、社会的情形、国家的前途，是不是将确有改善？二三十年爆发一次的世界大战，是不是人类无可避免的悲剧，还是有法可以消弭或者减少？这一类的问题，世界各国人民，不论种族或者老少，都在想着。我们现在确是处在多事之秋，比起战前那种太平景况，大不相同。思考不免就会引到忧虑，忧虑而得不到满意的答案，便会产生烦闷。从这种观点看去，我们所处的时代是不幸的。

外国人的烦闷，诚然也不见得少，不过以程度而言，却远不及中国之深。此事亦系由客观环境所决定。中国目前是世界上作战最久的国家。战争延长的结果，总是增加人民的烦闷，尤其当结束日期似尚辽远的时候，此乃一种通则。苏联反攻获胜以后，实际交战国当中，我国是国土沦陷最多的国家，不幸沦陷区又是物产最丰富的区域，此事大大增加后方人民生活的苦痛，因此成为造成烦闷的一种主因。当然，国土完全沦陷的国家，如过去的比利时、荷兰、丹麦、希腊等国，其人民感觉烦闷的程度或有甚于中国。但在其他国家当中，此种现象与中国情形相伯仲者，却不易找到。美、英、苏等各国人民当然各有他们的问题，但是他们对于目前自己的责任，以及国家将来发展的趋向，似乎比我们要看得清楚。

少年人现在业已开始感觉到烦闷的象征，幸亏知识还未发达，对于环境中一切真情实况不太了解，所以多少还能保持一种快乐的情绪。中年人经验较多，生活较为安定，其中许多拿定了主意，或则不顾一切，勉力站住自己的岗位，或则得过且过，混一天算一天，不论怎样，对于一切问题都看得开一点。至于老辈人物，除开少数例外，大都进入一种退休状态，抱着一种听天由命的态度，遇事可以处之泰然。唯独一班初出茅庐的青年，觉得这生硬的世界对他有点格格不入，觉得世界上一切都有毛病。他们的心中蕴藏着许多说得出和说不出的苦闷。如此现象，目前在中国青年当中异常普遍。此中不少人把他们的情绪流露出来。另外有些，或则沉默寡言，掩饰自己心中的悲哀；或则放荡不羁，借此乐以忘忧。还有一部分，业已入于一种麻木的状态。无论如何，追根究底，他们的内心实际大同小异，他们都感觉苦闷。只要遇着适当的朋友，不难披露出来。

二、 苦闷的种类与来源

任何青年，除却极少数例外，如果你和他恳切地谈一下，便会将他的苦闷诉说出来。就中最常提到的，就是生活的压迫。如果他还是一位求学的青年，他会告诉你，政府按月领发的贷金，根本不够吃最起码的学校包饭，有时还有迟发的危险。这种包饭，虽然绝对不够营养的标准，却比外面要便宜得多。因此包饭的权利，不得不努力争取。交不起饭费的人，迟交一两天，也许这种权利就会取消，他的位置被人顶去，结果经济问题更无法解决。为着想要补足饭费的差额和找一点最低限度必需的零用钱，学生们势非另外想法子不可。以昆明情形为例。在三十三年七月时，一般最穷苦的学生，包饭所费，每月自九百元至一千五百元不等。教育部所发公费或贷金，是六百余元，相差三百多。此数加上剃头、洗澡、买练习簿等必不可少的用费，平均每月应筹之数，至少不下于一千元。

这笔钱只有几种可能的来源。一种是由家庭津贴。依着社会上一般贫困的增加与薪俸阶级购买力的日益降低，能够这样津贴子弟，勉强维持他们读书的，百分数一天比一天少。第二种办法，是设法取得各种机关或社团所设奖学金、助学金、救济金等，必要时以工读作为交换条件。事实上由此门径得到帮助的学生很少（在昆明全市，各级学生，如此得到帮助者，目前总数最多不到五百人），每人所得帮助亦有限（在昆明普通每月最多不过八百元）。第三种办法，是向亲友、同学辗转借贷。如此得到帮助的，据说为数不少。现在普通一个学生所负的债往往很可观。他的私人经济情形，如果把它录下来，会显出一篇不断借贷的账，这笔债也许永远无法可以还清。如此情形，暂时经济难关总算是勉强渡过去；青年们的内心，却是很苦痛的，因为没有人从头就愿意向人告贷，更没有人愿意存心赖债。同时此等收入既非正常，张罗亦是不易，许多很宝贵的时间都花在这一类事情上面。

比较可算自力更生的办法，是在学期当中设法找一点副业（如兼事、教家馆、做经纪人、做生意等），以资维持，或在寒暑假期中，找一件短期职业，挣下一年所需的零用钱。此等办法固然不错，可惜一来只有极少数几处通都大邑有此机会，二来平时兼事有碍于学业。而且近来失业情形渐见抬头，寻找短期职业或兼差已经很不容易。无论一个学生的经济问题是如何解决的，在目前情形下，他在求学时期，即已饱尝生活压迫的滋味，这是确定不移的事实。一个受有相当教育、具有思想的青年当然要问：此等压迫从何来？有没有改善的办法？一面物质上继续受着压迫，一面又想不出怎样好的根本解决办法，只好任自己在这变态经济的大潮流中飘来荡去，怎么不会引出一种烦闷的心情？

许多青年，未出学校大门以前，心中对于毕业以后的情况，多少抱着一种幻想或希望。他们以为可以找到一种适当的职业，最低限度也可勉强维持温饱。殊不知一踏进社会以后，实际情形并不如此。好些人发现，即在目前物质方面十分艰苦的情形下，学校生活仍然是他们一生的黄金时代。精神上的种种慰藉自不必说，人事摩擦问题也不必谈，单就物质生活来说，出校后往往比在校更苦。目前所谓就业，实在不过是找着一件吃不饱饿不死的事，勉强混日子。表面上收入的钞票也许比学校时代多几倍，实际物质上的享受和学校还差不多，甚至要更坏。有宿舍居住的地方，其拥挤程度往往不下于学校宿舍。有这种房子住还算幸运，很多时候，要在房子又少又贵的都市中去找一间半间狭陋的住室。吃的当然还是包饭，因为管理不得法，也许比学校更坏了，一月发下来的薪水，除掉房钱、饭费，所剩无几。能够不老是预支，就算好的。毕业以前欠下的一笔债，现在看是很少有机会还清了，或者还要按月更欠下去。向社会去呼吁，此刻想要得到同情更加不容易。同时也再没有人捐钱来救济。没有家庭负担的人，多少还有自由一点；有了家庭，看见一家人嗷嗷待哺，也许明天就没有米下锅，焉得不叫人由忧虑而苦闷。欠薪的事，即在现在，亦不是完全没有。各机关裁员，是有周期性的。此等拖欠与失业，当然只有将经济上所感受的威胁更行加深。从事于自由职业或办工商的人，也不见得比薪俸阶级好得了多少。在通质①走上恶性膨胀，一切都不景气的情形下，占到便宜，大发国难财的，不过是极少数的人。就是这些人，如果清醒地想一想，也会发觉，目前暂时的安逸掩不住将来可能的灾难。

受过学校教育的人，在校期间与离校以后，两感生活的压迫；比起未曾受过教育，或者受教育期间不长的同胞们，他们还算是很幸运的。他们事后至少对于在学校时的情景，还有一种甜蜜的回忆，可作苦闷时心灵的安慰。那时不幸未曾受过教育或未多受教育的青年，连这点慰藉都没有。他们是从幼年时代起，就开始感觉生活的深深压迫。他们求知的欲望，不但过

---

①原文如此。疑"通质"为"通货"之误。——编者注。

去未曾得到满足，连将来也没有多少希望。因为毕业文凭就是一种资格，缺少文凭的，当然很难爬到较高位置，往往甚至连找个职业也不容易，裁员时也最易被裁。位置既低，收入当然更少。至少饱看上司脸嘴，更是分内之事。过去这一类的人，认为这是他们生下来的命，用不着埋怨任何人。不过那时候社会还安定，他们的衣食还不成问题。长期战争的影响，使社会动荡起来。许多原有聪明才智，枉被经济制度制压的青年，自不必说；连本来愿意安分守己的人们，现在因为生活压迫到了自己头上，也就开始对现状表示不满，加入了烦闷的青年群。

目前后方经济情形，对于一般人说，是既患寡，又患不均。个人生活困苦，固使人不安；社会上贫富悬殊的情形，尤令人恼怒。本来任何国家，在作战时期，人民不得不忍受重大牺牲，乃是必然的道理。以目前情形而论，世界上交战各国，人民个人自由莫不大受限制；其物质上的享受，较之战前，大有天渊之别。然而他们对于此种情形，绝少怨言。此中缘由，一因人人皆知，个人所作种种牺牲，其撙节所得物资，一概皆用在前方士兵与其他一切作战努力上，其目的即在于击败敌人，保障国家安全，以此人民皆蒙其福，与个人利益实少冲突。另一理由，则为物资虽属缺乏，人民所受限制，主要在于奢侈品与不一定必需或暂时可以撙节的日用品上；至于绝对必需品，至少可以维持最低限度的供给。例如，以英国而论，该国平时粮食素来仰给国外，可是在此次大战当中，即在海上运输最感困难的时期，该国一般人民的营养标准并未降低，虽则一面食物分配在加紧执行。最后可令人民感觉安慰的一点，是在战争时期，贫富不均现象，单就享受方面来说，较之战前只有和缓。当然，军职人员享有种种特殊权利，这是他们直接捍卫国家的一种代价，无可訾议。至于一般平民，则不论财富多寡，其所得享受，大体可说是趋于平等。在定量分配严格执行之下，富人并不能倚仗钱财取得更多的物资。这种经济平等，即令不过暂时性的，对于支持长期的全面战争，实乃必要的因素。回顾国内情形，与此大不相同。战前中国，可说只有大贫与小贫之分，富人绝少，所以贫富悬殊的现象并不似西洋各国之显著。抗战初期，此种情况尚能维持，嗣后情势变迁，物价飞涨，一部分发国难财的商人，瞬息之间立成巨富，此辈新富加紧囤积居奇，其结果催波引浪，益令经济情形难于收拾。于是一般百姓以及公教人员，备受此等发国难财者的剥削，以致无法取得温饱；军人生活，尤趋极端困苦。一夜间拥有钱财者，挥霍有甚于战前，骄奢淫逸，无所不至。在此种病态社会之下，一般青年既感本身之被剥削，尤愤军人之受虐待，其对发国难财者的恼怒又无法可以发泄。于是自然而然，由抑郁进入苦闷。此点若能设法予以纠正，青年人的烦闷不难解决一大部分。

青年们对于经济问题的敏感，不仅限于现在，而且联想到将来。外国之所以容易忍受目前物资缺乏的痛苦，一种重要理由，是因为他们知道，战胜以后，种种限制大部即将取消，他们又可回到比较丰裕的生活。我们的情形则不然。此次战争，不幸造成了少数巨富与绝大多数赤贫。战后物资供给当然要比现在丰富得多，但是谁能取得那些物资，却大有问题。除非政府采取确实有效方法予以制裁，未来的一切工商业，一定是把握在这些巨富手中。此辈是靠发国难财得来的钱财，这一点就可证明他们没有多少良心。在这般人把握之下，战后贫富不均现象难望和缓。如此看来，自一般青年眼光看去，目前所忍受的种种，并不一定是仅有暂时性的。因此他们的烦闷，只有更行增加了。

经济问题，为造成青年烦闷的一种主因，但是并不是唯一的重要原因，政治也是重大的关键。绝大多数的青年，和他们谈到政治问题，总说中国政治不上轨道。本来中国政治，至少在目前阶段，确是不上轨道，这点大多数在政府任职的公务人员也都承认，我们对此不必多加隐讳，问题是在如何设法使它走上轨道。民国成立三十余年，我国政治老是有问题，此点不但使目前一般青年感觉苦闷，中年人也是一样。言论不太自由，亦有相当关系。许多青年人，对于国事不一定有怎样的固定主张，可是谁都喜欢发表自己的意思，让他们发挥一阵，也就完了。英美青年之所以不大对于政治感觉十分苦闷，就是因为自己的意见随时随地可以自由发表。一部分青年对于政治抱有一定见解、一定主张，在莫谈国事的空气尚未祛除之情形下，他们当然更加怀有一种说不出的烦闷。

恋爱与婚姻问题之难于获得解决，也是不容忽视的一点。自从清末西洋潮流传到中国以来，旧式做媒的办法渐渐大家认为不合式。青年们在这方面，要求自决的权利。"父母之命，媒妁之言"，现在是行不通了。代之而兴者，是由恋爱过渡到结婚的西洋习惯。近来美国电影在中国的流行，无疑增加了一般青年对于恋爱生活的景慕。不幸中国社会，迄今并未脱尽旧时代的衣裳，父母主持子女婚姻的权利，大体可说是放弃了，同时男女社交公开的机会，在西洋成为引到恋爱与婚姻的桥梁者，却几乎完全没有。这样一面引到男女间不正常的关系，一面使循规蹈矩的青年们许多对于性生活的要求得不到解决。各国的统计都告诉我们，战时结婚率以及因性生活所引起的种种问题，都较平时增加。此种情形，一部分是因为战时生活过于紧张，人们亟待寻求安慰。从社会学观点看去，也许那是补充战争中人员损失的一种自然方式。与此发生相反影响的，则有大批男子从事兵役，令后方男女比例暂时失去平衡，此点亦往往更行增加人们对于性的要求。以中国而论，军队与人口总数的比例，较之目前其他交战国家，要低得多；同时以前许多当兵的，根本平常就不一定会结婚。因此从这种观点看去，问题似不若他国严重。可是单就后方几省而论，兵役的负担确已不轻，而且兵源方面亦有变更。以前当兵的大都不识字，现在则学生与公务人员都不能免役。同时志愿从军与征调当译员之事，亦已展开。这种情形，对于知识青年，当然在此方面发生相当影响。

目前正在求学的青年，许多羡慕西洋式的那样恋爱生活，可是有办法的并不多。找到了对象的，当然在此方面也许可以心满意足；追求得不到结果的，其心中所感觉的苦闷，恐怕比任何国家大问题所引起的还要大。我们不能责备学生们这种行为与心情。对于异性的追恋，本来是人类的天性。以前在中国，不过是用礼教加以压制住了。那种管束渐成过去，当然本性就会暴露出来。此刻青年们之从事于恋爱的追求，当然一部分是因风气所趋，同时做媒办法取消以后，如果自己不努力，性的问题真有无法解决的危险。目前中国社会中，男女社交的机会实在太少，比较还是在学校时代略多一点。这样无怪青年学子许多在这方面特别感觉苦闷，因为时机一过，大概更没有办法了。

未有对象以前，青年们固然感觉苦闷。有了对象后，问题也并不简单。男女关系，在正常情形下，最后总是以缔结婚姻为目标。不幸目前经济情形如此窘迫，许多青年又未必甘于长期过一种困苦的生活。于是最后目的，可望而不可即。做了很久朋友，或者甚至订了婚的，对于结婚一层，往往迟迟不敢尝试。此中苦况，只有当事人能充分体会。在另一方面，许多大胆结了婚的很快就发现，婚后生活绝非当初梦想的天堂。经济重担立刻压在身上，即令夫妻二人同时做事，所入亦常不敷所出，更谈不到怎样宽裕。不久有了小孩，为父母者如何能加以适当的抚养，尤成问题。凡此种种，皆今日谈中国青年问题者不可不注意之点。

三、 出路的双重意义

所谓青年的出路，从某种意义上来看，也可说就是烦闷的解除。从这种观点看去，"出路"两个字实在是包含两方面的意义：一方面是个人生活的圆满解决，另一方面是个人抱负的展开。我们也可以说，一般青年们当然首先想为自己找出路，但是同时也想为国家、民族找出路，这是大家共有的天然愿望。称为"万物之灵"的人类，仍然不能超脱他所隶属的动物界。他必须吃东西以维持生命的延续，必须住房子、穿衣服以免挨冻，必须择配生育以绵延种族。在一个现代社会当中，衣食住行等一切便利，都是以金钱或其他有价值的东西交换得来。一个人如果没有家产，没有职业，又没有人帮助，根本他在世界上的生存就成问题。因此，无论怎样，任何人不得不设法解决自己的生活。解决的办法，普通不是找一种职业，便是经营一种事业，这样可以解决自己本人以及直接亲属的物质需要。此点如果能够圆满做到了，那个人便可说在这方面有了出路。这种出路似乎简单，不难得到，但是事实上却也不然。近年以来，失业问题在世界上多数国家均颇严重。战前中国对此亦非例外。抗战期间似乎好些，但是这问题近来又抬头了。战后情形如何，现在还不能预测。至少我们对此并不能盲目地乐观。即以战时情形而论，过去几年来，青年们找个职业似乎不太困难，问题在于有了职业以后，未必就能解决自己的生活问题。事情是有了，不过事实上是吃不饱也饿不死，离开圆满解决的阶段还差得远。因为这样，青年们得到一个职业以后，仍然想找更好的事，或者想兼差，或者想改行做生意。总而言之，我们是在不断地为自己找出路，仿佛永远没有满足的时候。

谈到第二种出路（为国家、民族谋出路），那就更不容易。

青年人不满现状乃是普遍的现象，而且是应该有的现象，要不然，国家就不会进步。不过不满现状是一件事，如何改善现状又是另一件事。多数青年都承认中国的政治不上轨道，经济危机四伏，但是同时自己却想不出办法来——如何可以促进国家与社会的改善？因此其烦闷无法解除。也有一部分人，对于国事有若干具体主张，但是徒托理想，难于实行。还有些人，既有主张，亦可实行，但是社会上不给他表现才能的机会，因此不免忧郁愤怒。凡是对国事具有抱负的人，并不能以个人图得温饱为满足。他们总希望目前所处社会能以改善，如果能经由他们的努力而得改进，那就更可欣慰。

人生在世，总有职业与事业两层欲望。职业所以解决生活，事业所以表现个性与抱负。如果职业挑得好，职业与事业可以二而一。许多时候，一个人从事某种职业，不过借以糊口，他心中想做的事往往与此事不相干。此中一部分常就其兴趣所在发展成为一种副业或者嗜好，以求心灵上的安慰。做不到这一点的，其心境即往往流入悲哀，感觉"做一日和尚，撞一日钟"之无聊。

我们大家生活在世界上，都在想找出路，这事大可不必讳言。一种过度的满足感就是停滞与退步之起源。此事对于个人，对于社会，对于国家，都没有什么好处。我们的确是要找出路，问题只在如何去找。

四、 把握着未来的世界

我们生活在现在，但是希望是寄托在将来。目前所见种种情形，过了几年以后，许多都会证明不过是暂时的现象，不值得多予注意。即以中国为例，民国成立三十余年以来，政治舞台上许多显赫一时的角色，如袁世凯、曹锟、吴佩孚、张作霖等一流人物，现在都到哪里去了？目前的中年人，多少还能回忆当年情形。一般青年人，则除偶尔在书本上读到他们的名字以外，对之毫无印象。那些人，不但物质上的生命业已终止，他们亦已为人们遗忘。再看到外国情形，又何独不然。威廉第二、劳合·乔治①、克雷蒙梭②等，二十多年前，正是世界上了不起的人物，可是现在除研究西洋史的学生以外，已经少有人知道他们。在另一方面，孔夫子、耶稣、孙中山、华盛顿、林肯等名字，大致可以永垂不朽。威尔逊总统和甘地先生的大名也能遗留一个长时期。在观察这个千变万化的世界时，我们应该具有辨别的能力，将这些仅有暂时性的东西和具有永久性的分开。我们不必过分重视现实，而要注视未来。此点对于中年与老年人，已可如此讲；对于青年人讲，更加重要，因为青年人一生事业，是在将来展开。

---

①劳合·乔治（1863—1945），英国自由党领袖。——编者注。
②今译克列孟梭（1841—1929），现代法国有影响的资产阶级政治活动家之一。——编者注。

李石岑（1892—1934），中国现代哲学家，对中西哲学均有深入研究。早年曾在湖南优级师范理化科就读。1912年赴日留学，1920年毕业于东京高等师范学校。1921年起任商务印书馆编辑，并在大夏大学、光华大学兼任哲学和心理学教授。1928年自费赴法国和德国考察，并继续从事哲学研究。1930年起，先后在中国公学、复旦大学、大夏大学、暨南大学等校任教。1934年病逝。著有《人生哲学》《中国哲学十讲》等。

我的生活态度之自白

李石岑

稚晖先生：

　　我与先生相识，是在民国九年同到湖南讲演的那一遭。一见面，便知先生是个有特识的人；后来相处稍久，并知先生是个有独行的人。那时我心目中有两个人认为是我国青年的模范：一个是先生，一个是蔡孑民①先生。先生的不坐轿，不乘人力车，不赴宴会，和孑民先生的不喝酒，不吃烟，不事征逐，犹属余事；而先生一团勇猛的精神，和孑民先生一副诚恳的面目，直无时不可以激发青年的内心，实在令我不能不生十二分的敬仰！先生最近拿着乡下老头儿靠在柴积上晒日黄说闲空的态度，发表了《一个新信仰的宇宙观及人生观》的一篇

———————

　　①即蔡元培。——编者注。

大文章，我读了固属佩服先生的卓识，尤其佩服先生那种童稚未凿的天真和精进不懈的努力。先生虽不以学问家自居，却是个极留心学问的人，并且先生的那种留心学问，是无所为而为的。我友梁漱溟先生亦复和先生同样地留心学问，但他是为着生活不安而往前寻求的，他的学问和他的生活是处处有个较量的，这层先生也曾经说过。他这种态度，自然不由得我们不特加敬礼，但为生活而学问，究竟学问能不能使我们生活安全，却还是一个问题。不过由愚见看来，学问固多少可以影响我们的生活，但我们预先立定一个主意，必求生活解决于学问，不特势有所不能，抑且理有所不可。因为生活是主观的，学问是客观的；生活是偏于意志的，学问是偏于知识的。欲求主观解决于客观，意志听命于知识，又焉可能？但学问虽不能全部地解决生活，却很可以局部地整理生活，或使生活渐进于丰富。漱溟先生如果必欲由学问全部地解决生活，那我却不敢保证他能够解决得了，所以有少数人推测他或者将来要重行回到佛家的路子，或者竟蹈他尊翁的覆辙以至于自杀（这种推测，先生也向我表示过）。如果仅欲由学问局部地整理生活，或使生活渐进于丰富，那么漱溟先生不仅资格独备，而且已经得了不少的后继者。因为他对于生活异常认真，他的生活能够跟着他的思想见解走，所以他的朋友因此也多受他的感化。总之，漱溟先生的为生活而学问，虽与先生无所为而为的有别，却比那些为功利而学问的高出一筹。

为功利而学问，可说是一般人的普遍现象，尤其是在我国目下的学术界。这种现象的流弊，足以暗示青年热衷功利，把学问当作一块敲门砖。功利到手，学问便可不要；设使又有一种功利可以企图，那时学问之念又起。结果，学问完全做了功利的一种手段。这在功利本身，虽说得计，但就学问说，可就吃亏不少了。至少我以为有下列的几个弊端：第一，热衷功利的人，他必定另有一个目标，他所费的努力，必顺着目标求取得一点代价，而且要快快地取得，因此学问就不免要受一种大大的委屈，而冒牌地出品，也就借此获得一些销路。第二，这种出品，有时销路转畅，其结果足以阻碍真货的输出，而顾客的受害益深。第三，这种人多贩卖零货，他虽成本不大，却各样货色都有，顾客为贪图便宜，也乐于与之交易，其结果使各种大企业无人去干。这几项情形，在我国现前学术界，实在不能为讳。学问遇着这种厄运，怎能有进步可望？但这是就极浅薄的功利派而言，严格地说，还配不上功利。真正为功利而学问的人，他的主眼别有所在，他背后必有一种确定的主义。所谓功利，大抵是就最大多数说，无论为一小团体或一大团体，现在或未来，都包括最大多数而言。

为功利而学问，无异说为最大多数的功利而学问，想借学问来解决最大多数的幸福与安宁。最大多数的幸福与安宁究竟能由学问解决与否，姑且不论，但学问本身已因谋最大多数的幸福与安宁之故，不能不多少由一种本然性而趋于可动性。因为甲团体最大多数的幸福与安宁，不必同于乙团体；现在最大多数的幸福与安宁，又不必同于未来。那么，学问在甲团体认为正确的，不能保证在乙团体亦认为正确；在现在认为正确的，不能保证在未来亦认为正确。则学问虽以普遍妥当为其特质，到此亦不免失其根据。我们既已提到学问，当然以求正确或求正确之最大限度为鹄，而彼为功利而学问的人，不仅未暇及此，而且常被发现一个不易弥补的缺憾，就是他们好以部分概全体，以效用概实质。所以他们的发意虽可嘉许，但结果对于学问上的贡献却是很少。

由此推论，以学问为出发点，而批评治学态度之是非得失，当然不归到为学问而学问一条路上去。因为为学问而学问，其主旨只在学问的阐明，而他非所问。所以，学问的效果如何，或是一时得不到效果，或竟永远得不到效果，在为学问而学问的人看来，都是不足挂意的。他们把学问看作进化的路程中人类精神之自然的而且必然的发现，所以用不着功利的辩护。他们对于学问的看法，和为功利而学问的人的看法，恰好相反。

为功利而学问的人大抵看重眼前的实用，以为学问的价值就可由它实用的范围广狭而定：数学能够计算，能够测量，所以数学是有价值的学问；电学能够造电车、电信，所以电学是有价值的学问。但在为学问而学问的人，观点便完全不同，他们把学问和学问的实用看作一件东西的两面，他们只探求学问的究竟。换句话说，他们只探求真理的究竟，他们不为计算、测量而研究数学，如果能探求得数学的究竟，即非欧几里①几何学或虚数等，亦不能稍减他研究的兴味；他们不为电车、电信而研究电学，如果能探求得电学的究竟，即电子的构造或以太的实性等，亦不能稍挫他们探求的勇气。因为数学的价值正不必表现于计算、测量，电学的价值正不必表现于电车、电信，它们的价值永在探求的途中，愈探求而价值愈显著，一面发挥自身之实际的价值，一面组成自身之理论的体系。牛顿看见苹果落下而想到地球的引力，但他绝没预想到今日物理学上的应用。爱因斯坦（Einstein）怀疑牛顿之引力法则而想到质点的引力可使空间和时间生歪斜（Distortion），但他绝没预想到未来以太学上的应用。法雷德（Faraday）② 在 1825 年发现石油精（Benzin），九年后密杰尔立希（Mitscherlich）③ 发现从石油精酸的采取法，这两个著名的化学者当从事发现之时，并没预想到这种无色、可燃性的液体将来可以号召几百万的职工。1853 年汤姆逊（Thomson）在《哲学杂志》上发表一篇《电波振动的理论》，也绝没预想到这篇文章里面就立了现在各种无线电的基础。总之，他们只管组成学问自身之理论的体系，而学问之实际的价值，却绝不因他们没预想到而不呈

---

①今译欧几里得（前 325—前 265），古希腊数学家，被称为"几何之父"。——编者注。

②今译法拉第（1791—1867），英国物理学家、化学家，发电机和电动机的发明者。——编者注。

③今译米切利希（1794—1863），德国化学家。——编者注。

现。因为他们的背后正有不少的发明者。发明者与发现者的
事业虽有不同，而他们的价值高低却未易强生区别。发明界
的伟人安迪逊（Edison）①，正不必比相对性原理发现者爱因
斯坦价值增高。由此可知学问的究竟之探求，自别具有一种
价值。不存求些许价值的念头，而获得绝大价值的结果，这
便是为学问而学问所得的报酬。

　　为学问而学问的人，既不存价值的念头，所以虽由学问
发生一些良效果，他也不愿居功；反转来说，如果由学问而
发生一些恶效果，他当然也不愿居罪。飞行机虽是成了战时
空中的利器，但这不能怪到想出纸鸢的原理的阿尔基麦达士
（Archytas）②；潜航艇虽是成了战时水中的利器，但这不能怪
到想出比重的原理的阿尔基麦德士（Archimedes）③；毒瓦斯
虽负有战时一霎间杀害千百万生命的凶威，但这不能怪到发现
瓦斯的穆尔脱克（Murdoch）④；德意志敢与列强反目，酿成欧洲
的空前大战，但这不能怪到倡权力意志的尼采（Nietzsche）。可
见学问和学问的实用，绝对不能并为一谈。所以为学问而学问
的人对于学问的看法，和为功利而学问的人的看法，恰成一个
对向。合上述三者而论，无论其为生活而学问，为功利而学问，

---

①今译爱迪生（1847—1931），美国发明家、商人。——编者注。
②今译阿契塔（前420—前350），古希腊数学家。——编者注。
③今译阿基米德（前287—前212），古希腊哲学家、数学家、物理学
家。——编者注。
④今译默多克。——编者注。

或为学问而学问，都各有其立脚点，即各有以表明其治学的态度。但治学的态度之不同，骨子里就由于做人的态度之不同。所以为生活而学问的，不得不有为生活而学问的一种生活；为功利而学问的，不得不有为功利而学问的一种生活；为学问而学问的，不得不有为学问而学问的一种生活。这几种生活，哪种合理，哪种不合理，这是不能由个人的见地批评的。由愚见看来，无论哪种生活，都各有其生活上的特征，并且各种生活都是互相调剂、不可缺少的，尤其是应该产生多种样式的生活，那生活才能日进于丰富。

生活和人生，本一而二，二而一。由人生态度可以看出生活态度，由生活态度也就可以看出人生态度；由人生态度之不能统一，就可以想见生活态度之不能统一。

为生活而学问的人生态度，是想处处由学问使生活得着安全。凡一举手一投足，一饮一食，一哭一笑，都要叫它得着安慰。凡物质上的不满足，精神上的不愉快，都要叫它转变方向，使结果仍可以得着一个满足，得着一种愉快。我们只要顺着生命的本来方向做去，便可以无入而不自得，便举手也好，投足也好，饮也好，食也好，哭也好，笑也好，因为要笑的时候不笑，要哭的时候不哭，便是逆着生命的方向而行，而这副要哭要笑的情感便不能发抒。所以情感催发我们笑时，只管尽量地笑出来；情感催发我们哭时，只管尽量地哭出来。哭的时候，看似痛苦，实则要哭时不哭，哭时而不能畅快地哭，乃真痛苦。饮食也是如此。饮食只顺着生命的要求便可隐消百病，凡过量饮食或饮食不足，都是有逆于生命的本来方向。其他一举手一投足，无不如此。物质上感着不满足，精神上感着不愉快，都缘于不向生命中去找寻而求取于外。一向外取求，便萌贪念；既萌贪念，则一切社会上的纷乱，便都从此始。梁漱溟先生的人生态度，恐怕是这样。因为他留神考察个人生活不安的所在与夫近代人生活的堕落，所以想提出孔家哲学来做一时的救济。这是他为生活而学问的一种生活。他在《东西文化及其哲学》上，几乎全部都是描写他这种生活态度的。我友朱谦之先生，也多少和这种态度相似，所以从前为怀疑一切而著《虚无哲学》，现在却转向信仰，而发表他的《周易哲学》了。

为功利而学问的人生态度，是想处处由学问使最大多数得着幸福与安宁。最大多数是他的一个大我，他自己不过是大我中的小我。小我的一切是非善恶无不影响于大我，大我的一切盛衰荣辱亦无不影响于小我。但小我是死亡的，大我是永存的；大我是有人格的，小我是附着大我才发生人格的。因此，我们不能不勉为大我中的一个善良因子。这种人无论对于科学和艺术，都是用这个见地去评价。脱尔斯泰①像是抱这个见地的人，他在《人生论》上就处处发表他这种态度。他拿磨坊里面的水车作比喻，说水车的目的在产出良粉，人生的目的在探求人类的命运和幸福，如果忘却这一点，那便任何学问都无用处。但

①今译托尔斯泰（1828—1910），俄国作家，世界文学史上最杰出的作家之一，著有《战争与和平》《安娜·卡列尼娜》《复活》等经典长篇小说。——编者注。

现代所谓科学家，每每把水车的目的忘却，专门去研究那水流的方向，这不是很愚蠢的事吗？因此，他的艺术观和科学观都开辟一个新局面。他最初骂倒一切伪艺术、伪科学，因而自己下了真艺术、真科学的一个定义。他说："人们如果要想到什么是他们的命运和幸福，那么，科学便是这种命运和幸福的教师，艺术乃是这种教训的表白。苏罗们（Solomon）①和孔子的法则是科学，摩西（Moses）和基督的教训是科学，雅典的宫殿、大维德（David）②的诗篇和教会的礼拜是艺术。"他最后举出真艺术、真科学应具有的两种特质：第一，从事科学和艺术的人，是不在为自己的利益，而在由牺牲自己去实现那科学和艺术的使命，这是内的特质；第二，凡一切制作，要使一切人能理解，这是外的特质。由脱尔斯泰的艺术观和科学观与他所举的两种特质，便完全知道他那种人生态度，便完全知道他是为功利而学问的人生态度，因此，他的生活态度也另具一种色彩。他的最浓厚的色彩，像无抵抗主义的生活态度，何尝不是由他那种为功利而学问的人生态度而来。

最后论为学问而学问的人生态度。这种人生是完全以探求自然界的真理为依归的。真理空间有无其物，真理是否可以进化，他都不问，他只是向前面去探求。他认为在进化路程中人类精神之自然的而且必然的发现者，必可以多少找寻着几许痕

①今译所罗门，古代以色列王国第三位国王。《旧约》中载有其事迹。——编者注。

②今译大卫，公元前10世纪以色列联合王国的第二任国王。——编者注。

迹。这一点一点的痕迹，虽不因我们不找寻而不存在，但不找寻的结果，也许误认到别种痕迹，因为别种痕迹又有别种痕迹的来路，别种痕迹的找寻又要另做一次的探险。然他虽出于找寻，却等于不找寻，因为他不是本来没有的再向别的地方去找寻，他是本来就有的，只是不知安放何所，而出于找寻，并且他所以找寻不是为自己的利益，也不是为他人的利益，结果并无利益可说，只不过把自然界的本来面目揭出而已。所以他的科学观和艺术观另是一副样式，出于"知自然"的态度者为科学，出于"乐自然"的态度者为艺术。他既只和自然相接近，他自己又是自然界的一分子，所以他的趣味和享乐不必向社会去找寻，也就可以免去一切现实生活上的烦闷。王尔德（Wilde）为一极端的唯美主义者，他认唯美的享乐为人生最高的目，美的价值丝毫不含功利的分子，价值愈高，则其排功利的色彩亦愈浓。王尔德欲宣传他这种唯美主义，曾于1881年独往美洲力斥美国人的生活为非美术的。虽遭失败，而他的唯美主张仍不稍懈。其后又不幸触某侯爵之忌而至于入狱，但他的唯美思想仍坚持到底。可知他这种生活态度，完全由那种为学问而学问的人生态度而来。此外，像苏格拉底为逢人便盘问人生真义而被判处死刑，哥白尼为说明天体运行而见嫉于教会，加里略（Galileo）① 之死于地动说，布尔诺（Bruno）② 之死于泛神论，何莫非这种为学问而问学的人生态度。由是可知，一个人的生活态度，处处根据于他的人生态度，人生态度未能统一，生活态度当然也不能统一，所以，批评哪种生活合理，哪种生活不合理，几乎是不可能的。

不过由上面三个人生态度看来，为生活而学问的人生态度，似乎仍脱不了功利的色彩，因为它虽是注重在生活，但仍集中于人事，结果似和为功利而学问的人生态度无大区别。关于这点，我往时在《艺术论》上曾经讨论过，我以为功利有二义：前者为第一义的功利，后者为第二义的功利。第二义的功利，专着眼在社会的善，是一种外的生活，像美学上美的善同体说，譬如说操练为舞蹈的目的，标志为雕刻的目的，乃至劝善惩恶为诗歌的目的，都是这一派的主张。若第一义的功利便不然，它的主眼全在表现生命的根本活力，找出生命的本来方向，是一种内的生活，像美学上的游戏说，谓人类生活力有剩余时即溢而为游戏，这种游戏和美根本相通，所以说美为生的剩余。但第一义的功利，若稍不加意，即堕而为宗教问题的脱尔斯泰，社会问题的左拉（Zola），道德问题的易卜生（Ibsen）。所以为生活而学问的人生态度，最容易误会到为功利而学问的人生态

---

① 今译伽利略（1564—1642），意大利物理学家、数学家、天文学家及哲学家。——编者注。

② 今译布鲁诺（1548—1600），意大利思想家、自然科学家、哲学家和文学家。——编者注。

度。但为生活而学问的人生态度，却也有和为学问而学问的人
生态度相交通之处。因为为生活而学问的人生态度，着眼在表
现生命的根本活力，找出生命的本来方向。而为学问而学问的
人生态度也正为此，不过它的精神扩大些，它不仅想表现人类
生命的根本活力，不仅想找出人类生命的本来方向，它直有
"宇宙内事乃己分内事，己分内事乃宇宙内事"的气概，所以它
的人生态度又另是一番气象。于是我们由这种推论的结果，可
以得出以下几种生活：

> 为生活而学问的人生态度——求个人的真——个人生活；
> 为功利而学问的人生态度——求社会的善——社会生活；
> 为学问而学问的人生态度——求宇宙的美——宇宙生活。

为生活而学问的人，有个人主义和世界主义的色彩，因为
他着手在个人，而着眼却在人类全体；为功利而学问的人，有
国家主义和社会主义的色彩，因为他着手无论在国家在社会，
但着眼总在最大多数的最大幸福；为学问而学问的人，有个人
主义和艺术的精神，因为他着手虽出于个人的兴趣，着眼却在
艺术的全体。法国人的风度似看重为生活而学问，英、美两国
人的风度似看重为功利而学问，德国人的风度似看重为学问而
学问。然风度虽有这种差别，却是根据于个人的好尚者其力弱，
根据于社会上、历史上的暗示者其力强。所以当前次欧洲大战
争最剧烈的时候，各国爱真理的哲学者、文学者乃至科学者，

莫不为己国辩护，而集矢于他国。如哈普特曼（Hauptmann）①、倭伊铿②、赫克尔③、柏格森④、梅特林克⑤、坦努爵（D'Annunzio)⑥ 一流人，莫不由崇高的讲座上的哲学者、寂静的书斋里的文学者、丰富的实验室里的科学者一变而为街头的政论家、社会的批评家、国家的志士，都把他们所怀抱的真理一切忘却。罗素看了这种情形，气愤不过，于是在 1915 年发表他《战时的正义》一种论文，痛论当时各国的哲学者、文学者乃至科学者的态度的不对，以为我们看到己国的是，也宜看到敌国的是，我们攻击己国的非，也当攻击敌国的非，因在论文中把战争的毒害和文明的危机细加论列。他因为提出这种论文而弃了大学的教授，后来竟因此触英政府的忌讳而受了一年的狱中生活。

我们到此时可以想到为学问而学问的生活态度之难能而可贵。但为学问而学问，有时它的背景不像为生活而学问或为功

---

①今译豪普特曼（1862—1946），德国剧作家、诗人，1912 年获诺贝尔文学奖。——编者注。

②今译奥伊肯（1846—1926），德国哲学家。1908 年被授予诺贝尔文学奖。——编者注。

③埃里希·赫克尔（1883—1970），德国画家。——编者注。

④亨利·柏格森（Henri Bergson，1859—1941），法国哲学家。1927 年获诺贝尔文学奖。——编者注。

⑤莫里斯·梅特林克（1862—1949），比利时剧作家、诗人、散文家，是象征派戏剧的代表作家。1911 年获诺贝尔文学奖。其代表作有《青鸟》《盲人》等。——编者注。

⑥今译邓南遮（1863—1938），意大利著名诗人、小说家、剧作家。其代表作有《初春》《新歌》等。——编者注。

利而学问的那样显明。因为为生活而学问的人和为功利而学问的人，多半是肯定这个世间，肯定这个人生：因为生活不得解决，便想进一步求生活的解决；因为功利不能普及，便想进一步求功利的普及。所以这两种人多半是出于乐天观。但为学问而学问的人的背景便不是这样显明，因为厌世乐天，都伏有一种"价值"的观念。这种人既一任自然的流行，更安用人间苦乐的较量？即在为生活而学问或为功利而学问的人，亦有不存这种较量的，不过不像为学问而学问的人之根本的不存较量的念头而已。

我友顾颉刚先生，可谓最富于为学问而学问的趣味者，他丝毫不存这种较量的念头，他以为你存这种念头，结果横直你也不能解决。不过这里面有一种界域，就是因不能解决而勉强出于学问者，这种人的背后仍是一种厌世观，因为他是把学问当作一种消遣品，和搓麻雀、打乒乓一样的意味，就是近人某君所谓把学问当作一种麻醉脑筋的方法，但这不能算是为学问而学问。

为学问而学问的人，完全出于一种积极的态度，意在揭出学问的真面目。其对于世间，便想找出一个真是非；即讲到应用，也要求出一个真价值。譬如研究化学，不像功利派的主张，只要注意到日常的应用，如肥皂怎样造法，为什么可以去衣服上面的污（杜威《教育哲学讲演稿》就有这一类的议论），他是要进一步研究到造肥皂以外的重大问题，而那些重大问题对于应用上比去衣服上面的污更有价值。就讲到肥皂，他也要专对着肥皂下一种精深的研究，譬如肥皂的原料、制法、功用、种类等。在普通一点的，固不消说；即专门一点的，也当用全力去探求，无论为胶状肥皂、透明肥皂、药用肥皂、过酸化肥皂、练绢用肥皂、粉肥皂、海水用肥皂、松脂肥皂、斑纹肥皂、浮肥皂乃至整容用肥皂，我们都一样地要考求它的制法和用途。甚至肥皂的历史，也要加一番考求，以求知它进步的程式。譬如用肥皂去污，我们都知道，但罗马时代的洗濯店却用尿去污。因为肥皂去污，靠曹达①的作用，但尿腐败之后所发出来的亚姆尼亚②也是曹达之一种，也一样地可以去污。此外，像肥皂制造的第一个恩人史孚勒（Chevreul）③、第二个恩人鲁布兰（Leblane）④，也都值得我们记忆。总之，我们不仅注意到肥皂怎样造法，并注意到怎样地精造法；不仅求去衣服上面的污，并要使衣服的颜色加倍妍丽。这是为学问而学问的积极的态度。

我以为这种态度值得提倡，因为在我们极贫枯的中国里面，无论农、工、商、医以至百业，都没有一种精深的学问做基础；无论谈什么主义，做何种运动，都是一些极脆弱的根据；无论解决何项困难问题，也很少可做学问上例证的价值。因为大家

---

①即苏打（Soda）的旧译。——编者注。
②即氨（Ammonia）的旧译。——编者注。
③今译舍夫勒尔（1786—1889），法国化学家。——编者注。
④今译勒布兰，一位法国医生，1788 年提出以氯化钠为原料的制碱法。——编者注。

都不肯死劲读书，各人的造就也都可以料定几分，乐得我骗你你骗我。像这样迁延下去，要想依附他人，加入文化的行伍，直是梦想！继或有一二知道学问很重要的，也就不肯发大愿心，把学问当作一种终生的事业；又纵或有一二聪明绝顶的天才，也就不愿意抛弃物质上的享乐，终于事业将要告成而又全毁。孔子有言，知之者不如好之者，好之者不如乐之者。他们虽知之而始终不好，更哪有乐此不疲的精神！所以我以为为学问而学问的积极态度，正值得大提倡而特提倡。

还有一层，我国目下宜急于提倡科学，这是无论何人，莫不认为天经地义的。但提到科学，便要知道研究科学是一种极静寂的生活，是一种极淡泊的生活。我此刻回想到我从前研究微分方程式，研究圆锥曲线的生活，直要使我登时合十冥想，不愿把心放开，不愿把生活扩大，不愿做一切无谓的应酬，不愿浪费一点宝贵的光阴，因为不把精神引到极静寂、极淡泊的境地，则高深的学理便不易玩索有得，何况分心于物质上的享乐，又安望研究之能有成？所以真正想提倡科学，非大家把精神镇定不可，非大家倾向于为学问而学问的生活态度不可。至于为功利而学问和为生活而学问的生活态度，非必不可以提倡，不过在醌醍纷乱的中国里面恐怕一提到功利，便要发生许多恶影响，而直接受害的，就是这无数的纯洁的青年。又为生活而学问的态度，虽是注重在身心的修养，却恐流于宋、明道学一类的玄谈，结果仍易发生不少的流弊。所以我认为还是倡导为学问而学问的生活态度，比较适合我国现时的情况，并且可矫正一般不好学的习惯，更借以应接世界学术的潮流。

凡以上种种妄谈，不知先生认为有当否？日前谬承以"为学问而学问"相许，实则我哪配谈学问？严格说，在我们知识界闹饥荒的中国，果又有谁配谈学问？牛顿临死时，说我所知道的不过是恒河沙数之一粒。可怜我们现在的中国人，果有谁能知道牛顿的那一粒？所以谈到学问，不特我要羞死，恐怕全中国人也要羞死。不过我这篇妄谈，却是为先生这一句话引起来的，或者将来向学问这条路上走去，也因先生这句话增加我不少的勇气。现在我要将我关于这方面的生活态度，向先生陈说，求先生加一个订正。我自从五岁受书一直到现在三十三岁，没有离开书本生活，中间虽是经了许多良师益友的指导，却是不能叫我开辟一个方向，可以照这个方向一直走去，结果只在路当中回旋。直到二十五岁以后，才慢慢地知道画出一个轮廓，对于自己的生活便不肯放松。后来得了一个绝大的暗示（也许我现在的生活还是受了这个暗示的结果），就是尼采的思想。我觉得他的思想和我很合脾胃，我的生活就从此着了一个很浓厚的色彩。自后无论读书治事，待人接物，总脱不了这种见解。就是对着路上一个乞丐，也不肯抛弃这种见解去对付他（因为尼采不主张怜悯，说怜悯适以减杀他人的能力，而成全他一种惰性）。这是我生活的一般。

至论到学问，虽然我近来稍稍知道去用心思，但从不敢轻易对旁人加一点批评，觉得什么人所说的话都对，什么人所发的议论都有存在的价值，也难怪先生说我很能包容。不过，我自己却是有个主见，我就是要妄评他人的得失，也不过拿我这种主见去做一个仲裁，但绝不敢否认任何方面的见解。因为任何方面的见解，都有它的来路。我是最看重艺术的，我觉得宇宙间是个大艺术品的贮藏所。但艺术的本质为生命表现。讲到生命表现，不一定要论到哪种作品，就是英雄的征服欲，学者的智识欲，小孩子的游戏冲动，诗人的感情激昂，也都不外是一种生命的表现。生命的来源既有这许多，我们绝不能对这种是认，对那种否认。就论到科学，无论哪种科学，都是人类精神之必然的发现，如果努力研究下去，都可以获得一些成绩，这就是生命表现的结果。科学和艺术，原有互相交通的地方，因为都带有生命表现的使命：由生命表现而出于知的方法者为科学，由生命表现而出于直观的方法者为艺术。科学的根底既与艺术的根底相一致，所以科学家有时也自命为一种艺术家。因为，第一，科学家的研究，正如绘画一样，乃是想达到事物的背景及意义的一种努力；第二，科学的研究中，有一种努力随之而起，这种努力便是努力自身的报酬；第三，科学之最高级即公式、系统、对当关系、相互关系等之发现，都有几分是个人的功业。我因为科学家和艺术家有这么一个相交通之点，所以对于任何方面的见解，觉得都有尊重的价值。不过我最重一种见解贯彻到底。骑墙式的裁判，灰色的调和，客气的交游，矛盾的生活，都是我所最痛心的。

我生平最主张"偏"，但"偏"要一偏到底，我最恨庸庸碌碌的"中"。中庸的"中"与庸碌的"中"是绝不相同的。

能将"中"字的功夫做到底，这个"中"也是偏的"中"。就讲到学问，也都是各人发挥各人的"偏"。譬如讲唯识，就偏在识；讲唯心，就偏在心；讲唯物，就偏在物；讲唯名，就偏在名。哪一种学问不是发挥那种偏的精神？更讲到做人，也靠这个偏字做一个人的骨干，偏就是教育学上所谓个性。各人因遗传、环境、教育等的不同，而成功各人的个性；我们发挥这种个性，就成功一种人格；如果侵犯我的个性，就无异侵犯我的人格。换句话说，如果损伤我"偏"的精神，就无异损伤我的人格。我唯其把"偏"字看得非常重要，所以对于人家的见解，不敢不特加尊重。我又因为"偏"另有一种偏的功夫，所以主张"大意力"地磨炼。大意力便是意志里面所含的一种潜在的性能，非经强度的磨炼，即不易发现。如果要问什么是磨炼的方法，唯一的条件就在欢迎苦痛。我们由苦痛可以锻炼一个不平凡的生活，如果遇着苦痛而让步，那是一种极大的耻辱。要由这样很靠实、很笨拙的方法，那大意力才能发现，偏的功夫须做到这一步。我虽未能做到，却是时时刻刻牢记着，并且愿意把这段功夫告诉给别人。我由这种"偏"的意味尊重人家的见解，也由这种偏的意味尊重各种学术。我觉得无论哪种学术，都值得精求。我所以对于各种学术很觉得有兴趣，也大半为此。倍根①说："世间的快乐都易惹起一种饱和的状态，就是一到了快乐的境地，那种快乐便老早去了。但是学问便不然。学问绝

---

① 今译培根（1561—1626），英国哲学家、思想家和科学家。——编者注。

不会惹起饱和的状态，学问是由满足和欲求永远互相交代而起的东西，它对于享乐它的人，它便更贡献一种享乐做他的报酬。"我近来颇感这句话的可信而愿意去尝试，但绝非出于厌世，也没有为什么而学问的一种成心，结果恐怕要归到尼采所说的一种权力意志的表现。

　　我上面已经妄谈到为生活、为功利和为学问而学问的各种生活态度，但不知先生那种靠在柴积上晒日黄说闲空的态度，又是怎样的一种生活态度？在我的浅测，以为先生这是一种无所为而为的生活态度。无所为而为的生活态度，当然另有一种境界。不知先生能够再用一种说闲空的态度替在下说说吗？我因为先生的那种蔼然可亲，不能自禁地诉说了一大篇，所有一些观察不正确的地方，千万望先生赐教！

十三年元旦

李石岑（1892—1934），中国现代哲学家，对中西哲学均有深入研究。早年曾在湖南优级师范理化科就读。1912年赴日留学，1920年毕业于东京高等师范学校。1921年起任商务印书馆编辑，并在大夏大学、光华大学兼任哲学和心理学教授。1928年自费赴法国和德国考察，并继续从事哲学研究。1930年起，先后在中国公学、复旦大学、大夏大学、暨南大学等校任教。1934年病逝。著有《人生哲学》《中国哲学十讲》等。

青年与我

李石岑

"我"是什么？手吗？足吗？头吗？心吗？诸君思之，究何所指？孩提之童尚不知什么为我，及与事物接触，方能逐渐明了。如用手触灯，灯灼手痛，然后知灯所灼者是我的手。推而至于足，至于头，至于皮肤，而后方知全身皆是我的身。更进一步想，我不仅专属本身，即附于本身的衣服，也都认为我；又不仅附于本身的衣服，即贴近我身旁的父母、兄弟、姊妹推而至于亲戚、朋友，也莫不认为我。于是"我"的界限渐渐地扩大。这处正好借美国心理学家詹姆士（James）的"主我""客我"来说明。

詹姆士论"客我"有三种：

一是物质的客我。物质的客我居于首位的当然是身体，次之便是衣服。古谚语有云："人类为精神、身体、衣服三者之结合物。"这句话虽近谐谑，却自有真理。我们对于衣服最感亲密，并有时把衣服和身体一样看待。譬如终身着褴褛、不洁之衣，即忘其貌之美；终身着清洁、美丽之衣，即忘其貌之丑。这便是明证。再次之便是家族，因为父母妻子，都是和我骨肉相通的，所以他们的死亡，觉得就是客我一部分的损失；他们的恶行，觉得就是我本身的耻辱。再次之便是家屋，家屋为我们生活的一部分，因为可以保护我自身和家庭，所以很有一种亲密的情感。尚有一种和家屋相同的便是财产的贮蓄。财产虽是加入客我的范围，却不一定都生亲密之感。但论到亲密便又有时比任何物更加亲密的，如昆虫学者冒风雨所采集的昆虫标本而遭破坏，或如历史学家经长年累月从古书中所摘录的笔记而被火灾，都不免要生一种伤感，且有因而堕落的，更有因而自杀的，可见这种客我，亦不可忽视。

二是社会的客我。社会的客我，是起于一种同类意识。我们人类不仅是相集合而群居，并常有想望别的同类对自己加一种注意的性质。譬如我在稠人广众之中，无一人睬我，我发言无一人听我，我做事无一人信我，你看这时是何等的不幸，何等的失望，这便是社会的客我受了损失。社会人众有贵贱尊卑、男女老少之不同，因此社会的客我亦有不同，各人对于客我之感情，也因客我阶级之异而异。社会客我中有足惹起我特别注意的，那就对他不免要发生特别感情。名誉不名誉等，都属于社会的客我。譬如法律家因虎列剌①之流行，可以避居他所；但医生如果因流行病远避，就有点不名誉。医生因战线扩大可以避匿，但军人如果因战事避匿，就有点不名誉。在个人虽爱汝，然在官却不能赦汝；以政治家论，你虽是我的同党，但以道德家论，你却是我一个仇敌。这就因为有社会的客我存在。所以同职制裁，在人类生活中占有大势力。盗可盗物，而不盗盗物；博徒虽穷，而不负赌债。这就是为着社会客我的关系。推而言之，社会间时时刻刻有一种社会的客我存在，一觉悟便不肯放任，可见关系也是很大的。

三是精神的客我。精神的客我，不是说各瞬间的意识经过状态的一二种，乃是合意识的诸状态、心的性能、心的倾向全体而言。这种集合的全体，无论何时，都可为思想的对象，和别的客我一样，可以唤起亲密的情感。譬如以我自己为思想主，那就别的客我都比这思想主的客我要觉得疏远。但精神的客我里面有种种不同的部分，那就它所唤起的情感，也因种类不同而生差别？譬如感觉性能比情绪欲望就觉得疏远，知的作用比有意的决断就觉得疏远。总之，意识的状态愈为活动的，就愈接近精神的客我之中心。而立于正中以成客我之中轴者，乃是"活动之感"。具此"活动之感"的意识状态，别有一种内的性质，就是想和别的经验事实碰着而自发地涌现之性质。这便是詹姆士所说的精神的客我。

---

①今译虎列拉，即霍乱。——编者注。

总上面所述的三种，无论为物质的、社会的、精神的，都是客我，非主我。什么是主我？就詹姆士所示，主我即是思想主；客我是"所意识的"，而主我是"能意识的"。詹姆士剖析自我为主我客我，又剖析客我为三种客我，都富有卓识，可惜他对于"主我"并没有十分说明。他对于那些把"主我"当作恒久的实在者，或当作超绝的自我，或当作灵魂，或当作精灵的，都存而不论，只认定这种主我的研究是个很难的问题，所以关于自我的修养，终于不易叫我们得到什么启示。此外像温特（Wundt）①、敏斯特堡（Münaterberg）②、斯道特（Stout）③诸人，虽是对于自我的观念发挥得很多，却是一样不能叫我们得到什么启示，且所发挥的转不如詹姆士所说的亲切有味。

现在我想就詹姆士所说的进一步讨究，并参以瞽说，以说明这种主我，然后讲到修养上面。我以为詹姆士所说的精神的客我里面，就可以找到主我。因为精神的客我，既是就意识的诸状态、心的性能、心的倾向之全体而言，而所谓客我之中轴，又是一种"活动之感"。那么，活动本身究是何物？活动如何产生？追问到此处，主我就出来了。活动便是一种意志，宇宙就是这种意志的发现，我们人类便以表现这种意志为职能，主我就是能充分表现意志的东西。由意志的

①今译冯特（1832—1920），德国心理学家、哲学家。——编者注。
②今译明斯特伯格（1863—1916），德国心理学家、美学家。——编者注。
③今译斯托特。——编者注。

动向，发而为意识的诸状态，以成精神的客我。客我由意志所产生，而主我足以充分表现意志，所以主我可转移客我。譬如精神的客我是一种知的作用，而我可以用意志决定之，于是主我无时不具有发动力。既认定主我是属于意志方面的东西，那就好进一步讲到修养的方法。所谓主我，便是真我。孔子曰"三十而立"，便是孔子的"我立"，这个"我立"就是孔子的"真我"。青年要立定脚跟，求各人的真我所在，要知宇宙间一切震耀耳目的事业都是从真我得来的。现在将真我修养的方法，说个大概；非敢说有所箴劝，不过就我个人的所信陈述一二而已。

一、剑 气

剑气也可叫作"大意力"。大意力是意志里面一种潜在的性能，非经强度的锻炼即不易发现。如当冬天的时候，裸体跣足，鹄立于雪上，必不胜其寒，倘使疾行数里，自然各部分都能发热，以御寒冷，不仅不畏寒，且将有祛热之势。又如习拳术，我们都知道由熟练而能发生一种特殊的势力，由熟练的结果，虽是一个小小的指头，都不难凿穿一扇墙壁，这种事也是常有的。这都是出于一种强度的锻炼。但亦可得之于偶然，如骤遇猛虎，便可越河，忽闻火警，即能高跃，虽在绝险，亦所不避，卒亦不致受何种伤损，这都是大意力的表现。我们用功夫，要时时如在冰雪之上，时时如立危墙之下，以锻炼这种大意力。

我今年游泰山，曾发生一种特别的感想，便是大意力之养成。我觉得泰山的雄壮伟大，都可以说是大意力的象征。"经石峪"书法雄厚，"舍身岩"危峦峭壁，大有天地一吾庐之概。孔子虽天纵大圣，但当日由泰山所给他伟大的暗示一定不少，所以他说"登泰山而小天下"。我深愿诸君无论读书治事，须本此大意力，始终无间，则小之可以谋个人功业的成就，大之可以谋人类全体的升进和强烈。诸君读书之外，尤当注重游览，譬如泰山这种名胜，最好诸君能够有机会作一次远足旅行，那就诸君更易领取我区区提倡"大意力之养成"的本意了。

二、奇　气

奇气也可叫作"创造力"。我们想做一个不平凡的人，就靠这种创造力作骨子。但创造力培养于思想和生活里面。我们的思想，固贵能改造我们的生活，但我们的生活也贵能改造我们的思想。这话是怎么说法呢？我们的思想要与生活打成一片，我们思想到哪里，生活便到哪里，当下思想，便当下生活，这才叫有思想的人。思想是给我们的"新意义"的，我们生在世界上，不需论年龄的多寡，但当论"新意义"的多寡。若是醉生梦死，虽活千百年，也没有什么趣味；如果能日新又新，即是短命，亦大可创成特种样式的生活。所以"新意义"是最可宝贵的。这是就思想方面说。更就生活方面论之，我们的生活贵能增加思想上的新佐证，更贵能开辟思想上的新天地。如果饱食终日，无所用心，这种人不仅生活平凡，而且会感着寂苦，因为无事的苦比什么苦痛还要感着没趣，还要感着悲哀。我们在烦忙中的苦痛，苦痛之后，还可得着精神上的慰安；我们若感着无所事事的苦痛，那就不仅当时发生一种萧条落寞之感，而且即伴有世界将要快到末日的隐痛。我想无论何人，都容易发生这种情感的。至论到生活平凡，那便是陷我们的知、情、意各种生活不能发展的鸩毒。譬如既已饱食暖衣，则得衣得食的智慧不会发达；既无所求于人，则涵养感情、磨炼意志的机会不生。试问这种人的生活如何能改造，更何能说得上影响到思想？如果要求一个不平凡的生活，那就要在生活上求多种样式的发展，把社会上生活的价值，都要重新加一番估定，把智、愚、贤、不肖、圣者、狂者、天才、白痴等一切社会上的评价，都要给它一个翻案。只有这种多面式的生活，才能补思想之不足，才能说得上由生活改造思想。这是就生活方面说。总之，思想与生活须互做一种创造的事业。思想可以创造生活，生活也可以创造思想。古来不平凡的人都莫不具有这种创造的要素。讲到这点，那就我们臧否人物，不可不另拿一种眼光对待了。

三、骨 气

骨气也可叫作"偏"。我生平最主张"偏"，但偏要一偏到底方有价值，若是庸庸碌碌的"中"，那是最可鄙视的。中庸的"中"与庸碌的"中"是绝对不同的，能将"中"字坚持到底，这个"中"也是偏的"中"。偏的精神，任在何种有价值的学问里面都可看得见。譬如学哲学的人，总离不了唯心论、唯物论各种派别，唯即是偏。唯心论是说宇宙的本体是精神，凡物质的现象都不外是精神作用，这就是偏于精神方面；唯物论是说宇宙的本体是物质，凡精神的现象都不外是物质作用，这就是偏于物质方面。又譬如佛学上所主张的万法唯识，就是说一切万有都由识所造，这又是出于一种偏的精神。总之，无论哪种学问，没有不是拿定偏的精神作标帜。所以学术能偏到底，那种学术才有精彩，才有独到之处。我们做人，亦复靠这个偏字作骨子。偏就是个性。各人因遗传、环境、教育等的不同而成功各人的个性，我们发挥这种个性，就成功一种人格。反之，如果破坏这种个性，就无异破坏一种人格；换句话说，如果损伤我偏的精神，就无异损伤我的人格。所以偏字在我们人格上是发生绝大的意味的。一个人的中途变节，就明明是他那种偏的精神不能拿定，偏的精神一经消失，则凡随俗浮沉、与时俯仰的乡愿式生活，便都无所不为。所以偏的功夫极为重要。能偏则不隐入矛盾，我且举一个有趣味的例子以证明此语。

我有一友好吃素，我偏吃荤。我问他说，什么是素，什么是荤？他答有生物为荤，无生物为素。更问什么是有生，什么是无生？他答有知觉为有生，无知觉为无生。更问剪你（指友）的头发和指甲，你必以为无知觉，若劈你的头，则你有知觉；剪草木的枝叶，固无所谓知觉，若伐其条干，焉知它无知觉呢？且生物的范围很大，人是生物，动物、微生物都是生物，若持不杀生之戒，设微生物麇集目中，将任其繁殖等待目瞖呢，还是杀尽微生物而保持目明呢？这便不免陷入于矛盾。于是友人反诘我说，人是生物，动物亦是生物，你吃动物，何异吃人，人可吃吗？我答他说，人也可吃，但求有益于人类；如昔张献忠将屠城，对某僧说，你（指僧）若吃人，则全此城，你若仍吃素，则立屠此城。设你处某僧的地位，将吃人而全此城，还是吃素而待城屠呢？你要说当然吃人，我想诸君这个时候也都说要吃人，则人明是可吃的了。

这是拿饮食来说偏字。诸君由此可知道偏字的精神，可不必问吃荤吃素，但求吃后有益无益，如有益于人类，虽吃人不辞。这便是偏到底的精神。总之，偏里面确有无穷意味，不过我们每为成见所蔽，不肯涉想到一般所反对的东西里面能找出一种意义而已。

四、义　气

义气也可叫作"愚忠"。我生平认愚忠是人生莫大的美德。愚忠是走的一条笨路，但笨路是靠得住的，不会走错的。捷径虽可走，却不如笨路靠实。所以尽愚忠绝不会上恶当。愚忠不仅施于人类，即对于学术亦宜尔。如演习数学题目，我们须抱一片愚忠，从演题最初至最末，逐加练习，方有心得；但天资较高的人，每于习题中，选几个较难的去演习，其较易的则略去，卒之，演题中的要点随手遗忘。这便由于对数学未尽愚忠之故。所谓义气，只择其宜，事果宜行，即便行去，见义不为，是谓无勇。所以好侠任气的人，他的行事，每出于人之所不知，这即所谓愚忠。人不知而独能行义，这便是道德的最高境界。关于这上面的话，我国伦理学书中阐发最详，恕不具引。

以上所述剑气、奇气、骨气、义气四项，可以说是我个人的信条。我认为真我的修养要当从这四气入手。因为这四气都是注重意志之磨炼，而由上述知真我——主我——为能充分表现意志之物，则由这四气以修养真我，真我当益能发挥底①于圆满之域。真我若不能积极地发挥，完全听凭客我行动，是谓之堕落。通常称嫖、赌、吃、着为堕落，实则嫖、赌、吃、着尚不得谓之堕落，而真我丧亡，乃为真堕落。我们自省如果一种行动不是由真我去决定的，都可说是在堕落中讨生活。真我关系人生之大如此，深望青年三复思之。

（在镇江第六中学及醴陵县教育会讲演）

（《李石岑讲演集》）

---

① 原文如此。此处"底"似应为"抵"。——编者注。

潘光旦（1899—1967），著名社会学家、民族学家，中国优生学奠基人。早年在清华学校留美预备班读书，1922年赴美留学，先在达茂大学学习生物，后入哥伦比亚大学研究院，1926年获硕士学位。回国后先后在上海、昆明和北京等地任大学教授，曾兼任清华大学及西南联大教务长、社会系主任及图书馆馆长等职。1957年被错划为右派，"文化大革命"时被抄家、批斗。著有《优生学》《人文生物学论丛》《中国之家庭问题》等，译有《性心理学》等。

一封给大学生的公开信

潘光旦

我所敬爱的大学生：

年华如水，又是一学期开始了。在这个内忧外患、交相煎迫的年头，你还能够觅得一方干净的所在，闹中取静、忙里偷闲地做一些学问上的探讨，此种清福实在是可以令人艳羡的。最近报纸上登着两宗关于高等教育的统计，尤其可以证明你是一个天之骄子。第一宗统计里说，一个大学生每年所占的费用平均为七百九十九元零八角，这自然是但就学校方面所经手的而言，个人的私囊还不在内。第二宗列举专科以上的学生与各省人口的比率，江、浙、闽、粤等省算是高等教育最发达的省份，但和全省的人口比较起来，每一百万人中最多也只得二百六十一人，至于内地和边徼的省区，多则在五十上下，少则不过一二十人。换一种说法，有权利享受那八百元的巨额的费用的人，最好的也不过一万人中有两人半，其次有一人的、半人的，甚至于五分之一人的。你就是这样的一个人，真合着俗语所谓千中拣一、万中拣一。古语说，才过千人者谓之俊，才过万人者谓之杰，无论你的才是不是合乎俊杰的程度，至少社会与国家是以俊杰待你的，是以国士待你的。你的幸福虽大，你的责任却也不小。这一层我想你是早知道的，至少知道你所花的一部分是父母血汗所换来的钱，所以至少你该向你的家庭负责；如今你该明白为你所消耗的金钱和你所应该负责的对象，实在比你平常所自觉的要大得多。

我一面艳羡你的机会、你的境遇，同时却也不能不提醒你，你所处的，只不过是一个机会与境遇而已，你真要希望有一些成就，还得完全靠自己的努力。这句话很像老生常谈，随处可以通用，但却也和一些浮泛的叮咛的话有些不同。中国的大学，名义是大学，是学院，是最高学府，所供给的是高等教育、人才教育，其实除了极少数的例外以外，大都是很简陋的，科学仪器的设备不去说它，就是一些普通科目所需要的图书与师资，也是到处可以见到捉襟见肘的情状。上课听讲几乎等于大学校生活的全部，教员于上课讲解外无素养，学生于上课听讲外无自修。兼任教授轮转着到各校上课，有人比方作唱话匣子，并且所唱的老是那几张片子，更有刻薄的人则把它比作叫出局，也是到处唱些老调。至于图书的预算，大都一年之内只有几千元，有时候这几千元还得挪作别用。在这种形势之下，你说能完全把你的命运交付给学校吗？为一纸文凭计，为日后在社会上可以鬼混计，自然是没有什么不可以。不过我知道你绝不是这样的一个人，你绝不甘心随波逐流地专干那摇铃上课摇铃下课的勾当。

既不甘心，你便得想些补救的办法。我为你设想，以为至少有两方面是应该特别注意的。第一，自然是学问的修养方面。在这一方面，我目前只预备和你谈谈所谓工具的学问。工具的学问如国文、英文与基本数学之类原是中学时代以内便该打下良好的基础的，但中学的简陋和大学的很相仿佛，因此往往十有八九在这方面不能与学生以充分的准备，要是你不幸也是这样准备不足的一个，你就得在你大学时代里急起直追了。无论你的兴趣是在实科方面，还是文科方面，我以为你至少应该把中文、英文弄一个清通。中文不但要阅读得快，更要能写作得流利；英文至少要能不翻辞典，也能明白一篇文字的精要。就我这六七年来和大学生接触的经验而论，我觉得四年大学的结果，往往连这最低的一个限度还做不到。不要说西文了，就是写一篇中文稿子，往往在体裁上既不免不文不白，在结构上尤不免不中不西。我充分地承认，在这中西新旧交流的时代里，做人与学做人都是不容易的，但是闹了二三十年的新教育，在大学生的笔墨里，依然十足可以看出此种混乱与夹杂的局面，却不是我初料所及。有时候接到此种不文不白、不中不西的考卷或稿件，弄得没有办法的时候，我对于目前号称大学教育的教育，就只有一个最低的虔诚的愿望，就是，把各个学生的中文弄清通了再说别的。但新式的学校在这方面还比不上旧式的私塾，不是个别施教的，这责任十分之八九还得每个学生自己担负起来。所以第一点我要请你注意的，是你自己工具学问的充实。

对于文科的学生，工具学问的充实便无异成功的一半，在目下的中国社会里，甚至于可以说成功的全部。何以说是一半呢？文科学生，不论其所志在博，或所志在专，他最大的凭借自然是图书，他最重要的进修方法自然是浏览。要收浏览的实效，第一须靠文字方面没有隔阂。一个文科的大学生诚能在中西文方面都有相当的把握，他就从此有了自动的能力，他至少可以从"堂差"式的教员手里解放出来，以前只能靠听觉间接获得一知半解的，现在可以靠视觉直接把学术的精华吸收受用。这样的学生一多，不要说"卖膏药"或"卖野人头"的教授要立脚不住，就是图书馆的内容也势所必至地会一天比一天充实起来，谁还敢把学生缴纳的图书费挪作别用呢？何以说工具学问的充实无异成功的全部呢？我近来观察所及，大凡最容易找到出路的大学生倒不是那些专长一门学问的分子，而是擅长中西文字的分子。中国社会上职业的分工现在还不很细，所以只要你文字清通、书法整洁，处世待人又善于相机应变，你总可以觅到一席之地，否则任你是教育学的学士也罢、政治学的硕士也罢，未必有人请教。

第二方面应该注意的是你对于目前政治局面的态度与操持。诚如亚利士多德①所说，人也许是一个政治的动物，但无论如

_____

①今译亚里士多德（前384—前322），古希腊哲学家、科学家和教育家。他是柏拉图的学生，亚历山大大帝的老师。——编者注。

何，我以为在学生时代，无论你所专攻的是不是政治学，你总应该培植一种所谓超然的兴趣。英文里有两个似乎相反而实则相成的字，一个是 interest，平常译作"兴趣"，又一个是 disinterestedness，或 detached interest，却都不大容易翻译了，我在这里姑且把它们翻作"超然的兴趣"。所谓超然，指的是没有作用、不涉私人的利害关系。没有作用的兴趣才是真的兴趣，其浓厚与不可移的程度要远在有作用的兴趣之上。

在思想自由与学术独立的环境里面，这一类的话原是不必说的，因为它们是当然的事。但可惜我们所处的并不是这种理想的环境。这是一个讲究主义的世界，就是你想超然，别人也往往不容许你超然。一种主义好比一个营盘，它自有许多招兵买马的方法。要是你的超然兴趣不很浓厚，你早晚会加入它们的队伍。在它们，固然有十分十二分的好意，以为多一个分子加入，便多添一分力量，多一分力量，革命的成功或理想的国家便可以早一天来到。但在这种切心于改革的心情之下，它们往往不能兼顾到你的学养的程度。你的智力充分成熟没有，你的学问够不够教你自己抉择，它们是不暇计及的。所以除了你自己替自己打算盘以外，还有谁可以替你出主意呢？要想取得这种自己出主意的能力，平日就得靠"超然的兴趣"的培植了。我说这一番话，不但为大学生着想，也是为急于招寻同志的政党着想，我以为教一个思想不成熟、学识不充实的人入党，不但无益于这个个人，并且妨害了一个党的组织的健全。中央大学校长罗家伦先生不久以前在一个纪念周席上讨论到"中国大学的危机"，末后有一段很剀切的话说：

> 最后，兄弟希望全国人民认清，大学教育如果办得不好，实在可以危害民族的生命，所以社会对于大学，应该取爱护与扶植的态度，尤其绝对地不要利用青年。利用未成熟的青年，不啻斫丧国家、民族的元气。因为青年的光阴非常短促而且宝贵，我们不可使它浪费，千万不要给他们不纯洁的印象，而且要充分培养他们的人格，给他们高尚的理想，使他们望见前途的光明，不要使他们脑筋里充满了低等唯物观念，抛开学问而从侥幸里找求出路的心思。要不然，便是斩断了他们前途一线的生机，国家的元气也因此受了无穷的损失。我们要知道中国此后所需要的，不是奔走开会、小智自私、要发挥自己小领袖欲望的人，乃是沉着迈进、有专门智识和切实办法与公忠无我，以为国家、社会服务的人……

罗先生这一番话的用意，是和我在上文说的大同小异的，所不同的，只是两小点，一是他是泛指社会上一切可以分化大学生修养功夫的势力，我却愿意把种种分化势力中的最有力的一种，明白地指出来。这势力无疑是政党的活动。二是罗先生说话的对象是社会，是社会上这种可以分学生的心的势力，我的对象却是大学生本人，就是你。处今之世，从政不能无政党，在急于求国家安定与民族复兴的今日的中国，政党的活动尤其是不能没有——这些我都充分地承认。我眼下对你要求的，就是：你的、你个人的实际政治活动，应当展缓至大学毕业以后，在没有毕业以前，你对于政治的兴趣应当和对于其他学问和事物一样，完全取超然的方式，丝毫不受私人利害关系的支配。你真能把超然的兴趣培植起来，你对于国家政治的认识力一定会增加，这不但对你自己有益，也就是未来政治清明的一些朕兆，因为有效率的动作是建筑在清楚的认识之上的。

就政治的兴趣而论，我在大学里现在只看见两种人，这两种人都是偏向极端的。一种人是太过热心，很早就从事于实际的活动的人。这种人在"五四运动"以后，一天比一天增多。第二种人和他们恰好相反，他们对于政治完全不发生兴趣，有的也许忙着某种专门的课目，无暇及此，有的也许根本觉得大学生活无非是一种不能不奉行的故事，对于任何问题可以不必太操心，国家的问题是有许多达官贵人过问，更不干他的事。不用说，这两种态度是都不适当的。太热心，固然妨碍了学业，太冷淡，以至于漠然、无动于衷，也绝不是充满着情感与理想的青年的健全的表示。唯有超然的兴趣才能酌乎其中，无论从哪一方面看，都是有利而无弊的。

工具的学问和对于时局的超然的兴趣——便是我要公开和你讨论的两点。此外可以说的话还多，目前大学的缺憾既不一而足，你自己须随在努力、以图弥补的地方也就一样的多。不过上面所说的两点确乎最是荦荦大者。做到了第二点，就可以安放你求学的心；做到了第一点，更可以充实你求学的力。心和力都有了着落，你才不辜负国家、社会与家庭所给你的优渥的机会。

1934 年

(《政学罪言》)

巴　金（1904—2005），原名李尧棠，字芾甘。新文化运动以来最有影响力的作家之一。1927年至1929年赴法国留学。1927年完成第一部中篇小说《灭亡》，1929年在《小说月报》发表后引起强烈反响。主要作品有《死去的太阳》《新生》《砂丁》《索桥的故事》《萌芽》；还有著名的"激流三部曲"《家》《春》《秋》和"爱情三部曲"《雾》《雨》《电》，其中，《家》是其代表作，也是我国现代文学史上最卓越的作品之一。

给某青年

巴　金

最近有一个不认识的青年朋友写信给我。他说："我是一个中学生，我更是一个热情而不经事故的孩子；在目前我只有苦闷、徘徊、愤怒、绝望、痛哭……"

我知道他是怀着怎样苦痛的心情来求助于我，想从我这里求得一点安慰、一些鼓励。然而我能够给他什么呢？白纸上写的黑字是没有用处的，它们不能够给人一种力量，也不能够给人指出一条路。这路是需要自己去走才可以发现出来。所以我觉得对于他我不能够有什么帮助。

但我究竟也写了一封回信给他。我这样说：

生在这个时代中，我们是没有悲观的理由，而且也没有悲观的权利。生活的路是很长的，而我们只走了开始的一小段，我们还要经历更惨苦的岁月、更艰难的日子，但我们是要经过这一切而活下去的。我们生在这世界上，并不是作为一件奢侈品来点缀太平，我们是作为一个劳动者来忠实地工作，在荆棘中开辟一条平坦的路。正因为有荆棘，所以才需要我们来开路，来显出我们的工作的力量。只要我们有能力有志愿来工作，荆棘便不会是我们的危险的仇敌，因为我们可以克服它。同理，这黑暗时代正给我们一个奋斗的机会，一个可以显出我们的力量的机会。显然地，在黑暗的后面便隐藏着光明，只要我们能够把黑暗扫去，我们就可以看见光明时代的到临了。所以在目前我们应该快活起来，以快活的心情去工作。

我们的前面横着一条路。我们的确是有路可走的。这路是太显然了，我们只要把那迷了我们的眼睛的烟雾扫开，我们就可以看见它。我们现在最应该注意的是不要让烟雾迷着我们的双眼，因为我们的眼前的烟雾太多了。

的确，我们是有热情而未经世故的孩子，所以我们过于相信人，我们常常盲目地跟着别人走，结果是我们常常受了骗。我们现在应该去走我们自己的路。我们不愿再去为别人牺牲。

我们的年纪太轻了，我们在生活里也还应该有些享受，至少这读书的权利我们是应该有的，因为知识是人人应有的东西。假如时代真不容许我们有些微的享受，目前的时势真要逼着我们去牺牲的话，我想我们应该去牺牲的地方也并不是东北的战场，如某一些人所说的，那里应该让人民豢养的军队去牺牲。我们的地方是中国腹地，是民间，在那里有千千万万的人需要着我们的帮助，只有他们才是最苦痛的。那些在洪水、旱灾、匪祸之下苟延残喘的人们的悲惨的生存是没有人顾念到的。要是我们能够走入中国的腹地去看看那些人的生活呵！但我们并不去看，而更可悲的是他们负担了我们的生活费用。

总之，如果目前的时势真正逼迫着我们放弃掉读书的权利，我们的工作也并不是去和买办阶级商量经济绝交，我们的工作是到民间去，到中国的腹地去，尤其是那被洪水蹂躏了的十六省的乡村。在那里，在那些真正负担着整个中国的生存的人民中间，我们会知道他们真正需要的是什么，他们的幸福怎样才可以获得。他们的幸福就是我们的幸福，他们的需要就是我们的需要。那就是我们的路。如果他们还是处在水深火热之中无人过问，那么中国是绝不会得救的。

陶菊隐（1898—1989），民国时期著名记者和编辑，与张季鸾并称中国报界"双杰"。早年就读长沙明德中学，1912年（14岁时）便在长沙《女权日报》当编辑，不久又任《湖南民报》编辑，撰写时事述评。1927年任《武汉民报》代理总编辑兼上海《新闻报》驻汉口记者，其间还为《申报》《大公报》撰写通讯。1928年任《新闻报》战地记者，随国民军报道"二次北伐"。1941年上海"孤岛"沦陷后，主要从事中国近现代史研究。

记忆力与创造力

陶菊隐

从理论上说起来，在学校里常得奖品的优秀学生必定是前程无量，而脑筋迟钝的小孩子将来不容易有出息，但事实告诉我们，这种观察往往发生错误。

有很多证据使我们知道，在学校里成绩并不优秀的学生将来不一定是一个无能力的人物，掉过头来说，"小时了了，大未必佳"。这许多证据在文学、科学、军事、政治、神学上随意都可以搜集下来：比方哥尔德司密司①是十八世纪散文家、诗人和

---

①今译哥德史密斯（1730—1774），诗人、剧作家、小说家。其代表作有《关于欧洲纯文学现状的探讨》（散文）、《世界公民》（小说）、《荒村》（诗歌）、《委曲求全》（剧本）等。——编者注。

戏曲家，但是他在学校时并没有出色的地方。司各德①是欧洲不可一世的大文豪，有一位著作家批评说："他少年时生得很笨，笨得和白痴没有多大区别。"十九世纪大文豪鲁司金②也说："在欧洲智识界，司各德是最伟大而高不可攀的思想家，除开莎士比亚以外，但是他在爱丁堡大学读书时，大学教授骂他是天字第一号蠢东西。"

还有克那克③，他的父亲骂他是一个蠢得可怜的蠢人。还有朋司④、歇利丹⑤、杰耳末丝，都是后来享大名而在初期完全是蠢孩子。

再讲一位很有名望的人——克莱武，英国征服印度的大英雄，从前在东印度公司充当一名起码书记。他在最早的时期完全是个跞弛小孩子，在家里不能做事，只好到印度混饭吃。混来混去，居然做到了军官，到了后来，竟变成英国历史上赫赫有名的大政治家而兼大军事家，岂不奇怪！

滑铁卢一战把欧洲怪杰拿破仑打得落花流水的惠灵吞⑥，小

---

①今译司各特（1771—1832），英国著名的历史小说家和诗人。其代表作有《艾凡赫》等。——编者注。

②今译拉斯金（1819—1900），英国作家、艺术家、艺术评论家。因《现代画家》一书而成名。——编者注。

③今译克拉克（1787—1877），英国作家，研究莎士比亚的学者。——编者注。

④今译彭斯（1759—1796），苏格兰农民诗人，在英国文学史上占有特殊的重要地位。——编者注。

⑤今译谢里丹（1751—1816），英国最有成就的喜剧家之一。——编者注。

⑥今译惠灵顿。——编者注。

的时候并不聪明。再讲到他的对手拿破仑，是一位震古烁今的人物，年轻时笨得很可发笑。这两位英雄堪算一时瑜亮，孩童时同样不受家庭的重视。

此外有两位美国总统，我们也不妨搬过来作为一种考据：一位是杰克逊，童年时是个迟钝的孩子；一个是格兰特，做了两任总统，是一位大军事家，美洲南北战争时出过大风头，然而年少时是一个性质愚蠢而且多愁善病的孩子。

迟钝的小孩子到了壮年一变而为发扬踔厉的人物，这里头有什么理由呢？我们要得这问题的答案，先把人类的能力分两项：一是吸取智识而同时又能保留智识的能力，这是记忆力；另一是脑筋中的创造力，这就是推解力。这两项力量当然第二项更属重要，但在少年时第一项最易显露，因为少年时用不着也看不出推解力的强弱，只拿记忆力的强弱来判断智愚不肖。

美国大总统威尔逊在参加某大学举行的毕业典礼时有一段演说，他说要做一个高尚的学者，不单是把学问硬塞在脑子里去，同时也要从脑子里搬出一点东西来。

威尔逊又有一次在举行秋季始业的学校中演说："我才跨进学校大门的时候，常常存着一种思想，学校里为什么要摆下许多课程呢？这许多课程中有一部分是于自己毫无利益的，徒然耗费了光阴和脑力。后来我才发觉这许多课程不一定对于我自身发生直接作用，也不一定刻板地记在心头，这是一种训练脑筋的必经阶段。"这几句话有一个很好的证明：比方学文学的学生为什么要学于他后来毫无恩惠的数学呢？这就是因为数学的功用很可以养成推解力。

中国人记忆力极强，而推解力则很薄弱，所以中国的聪明小孩子极多，聪明的成年人很少。在外国学校里，中国留学生往往一学就会，外国学生拼死命下苦功还是莫明其所以然，常常请求中国留学生解答他们的难题。但是，出了校门后，外国学生在他们的社会和国家里做出轰轰烈烈的事业，中国留学生回国后只懂得升官享乐。有人说，这是被中国旧社会的环境所同化了。可是留学生是预备回国来改造环境的，反向恶劣的环境竖了降旗，那成什么话！

我们从这里得到一个结论：以个人而论，中国人比外国人聪明；以整个的国家而论，外国都是一些刁钻古怪的国家，中国就笨多了。

从大体上看起来，中国人的记忆力确比外国人强。在从前，一般初级蒙童要从"人之初""学而时习之"一直背完"四书""五经"为止，这一种背诵如流的本领，外国人看了要咋舌。这些蒙童并不懂得书本上的意义，在猢狲王（馆师）板子敲扑之下，把大部艰涩高深的文句勉强塞进脑子里去；到了成人的时候，又要记僻典，背诗词，读《六朝文选》，脑筋中所吸收稀奇古怪的东西真是骇人听闻。我们推论中国人记忆力特强的原因，大概不外乎几千年来在记忆力上用了一番死功夫，所以发展为有力的遗传性。而天下事往往此长彼消，记忆力既然伸张，推解力就退化了。进一步说，一个人的脑力差不多和物质一样，有固定成分，在没有发育以前消耗太多，将来不到衰老年龄往往就灯尽油干。比方年轻时视觉敏捷的人到老年往往要架上一副老花眼镜，年轻时记忆力特强的人到老年往往精神恍惚，正和一个人的体力少壮时斫丧过度，到老年往往衰颓不堪是一样的道理。

还有一个很好的证明，是证明中国人只注重记忆力而不注重推解力的：中国人做事提倡守成而不提倡创造，提倡因袭而不以改革见长，所以中国的一切除开学得欧西皮毛的衣食起居以外，精神上完全为顽固的守旧势力所把持。我们要知道读书的目的，需要辨是非，需要针对现实而发生有力的判断，假使前代的贤相明君不合当前需要，不必去盲目地崇拜他而把自己造成一个时代的落伍者。

讲到考试方法，中国的考试方法也有急于改革之必要。外国人的考试往往出六个题目任你选答三个，或者出十个题目任你选答六个，中国虽有些地方仿照了这个办法，但大多数仍是出五个题目非把五个答完不算全卷。其实呢，读一部书只要抓住这部书的整个观念，有几个题目大体上包括整个观念就得了，何必以一字一句毫不遗忘为上选？尤其是题目出在书中隐僻的地方更不合法，这更是奖励学生们的投机心和倚靠命运的观念，不是试验他们的学力。

中国历史上提倡记忆力的地方特别多，现在举一个例：清朝的瞿鸿禨是一个极庸碌的大官，他极得慈禧太后的宠信，因为他把历年来的案牍记得牢牢的，有问必答，慈禧把他当作一个掌故专家。民国成立以后，有许多衙门里的职员地位之稳固，并不是得着《官吏法》的保障，无非因为他们熟悉档案而已。我以为这种人当然也是不可少的，不过他们算不得重要的材料，有了设备完全的图书馆，用不着造成一座活图书馆——书呆子。

（《菊隐丛谭·闲话》）

王光祈（1891—1936），中国现代音乐学奠基人。1918 年毕业于中国大学。1919 年与李大钊等发起成立少年中国学会，又在陈独秀等的支持下组织北京工读互助团。1920 年赴德国留学，1923 年转学音乐，1927 年入柏林大学音乐系深造，1932 年任波恩大学东方学院中国文学讲师。1934 年以《论中国古典歌剧》获波恩大学博士学位。1936 年病逝于波恩。著有《欧洲音乐进化论》《东方民族之音乐》等。

工作与人生

王光祈

一、 什么是工作？

工作的定义，就是：

以自己的劳力做成有益于人的事业。

"劳力"二字，是包含用体力的，或是用脑力的。用体力的，如农夫、木匠等；用脑力的，如教育家、著作家等。

要用自己的劳力，如利用他人的劳力，那不算工作，如资本家是。

有益的事业包含必需、普遍诸意义，凡可以使人类物质上、精神上得满足的快慰者，都叫作有益的事业，如农夫劳动结果所得的米面，著作家劳动结果所得的出版物。其余非人类必需的，或是不能普遍的，便不得叫作"有益"。

有益于人的"人"字，包含他人及自己。自己为人群里头一分子，人群既得了利益，自己也包含在内。不过现在的劳动者大半不是为自己而劳动，因为他们劳动的结果尽被资本家掳夺去了。

关于工作的意义，有两句极不合理的解释，即"劳心者治人，劳力者治于人"。

我们不管他的工作是劳心或是劳力，只先问他这种工作对于人有无利益？

"治人"二字是本于权力思想，"治于人"三字是本于奴隶根性。

"治人"是承认"人"以上，还有一种较高的权力来管辖人类，从前叫作神（God），后来变成皇帝，现代又变成大总统，都是"人"以上的一种东西。什么《圣经》（Bible）、纲常、法律，都是他们使用权力的护符，所以世界上就有"强权"这个名词了！

"治于人"是承认有一部分人类是"人"以下的一种动物，生杀予夺之权，都在他人手中，所以世界就有"服从"这个名词了！

最新学说是，承认世界所有人类都在一水平线上，谁也管不了谁，所以有"自治""平等""自由"诸名词。此后的人类，不应在"人治人"上用功夫，是应该共同努力向自然界中开辟一新世界。换一句话说，就是这个"治"字，只应放在"事物"上，不应放在"人"字上。我们努力向自然界增加人类的幸福，减少人类的苦恼。人与人不是对抗的，是共向一个方向前进的，所以有"互助""进化""神圣劳动"诸名词。

照这样看来，"劳心者治人"这句话简直不能成立。换一句话说，就是因治人而劳心的，都不叫作工作，所以官吏、军警都是一种分利而不生利的废物。

二、 为什么要工作？

大家既知道什么是工作，什么不是工作，我们就可以讨论第二个问题"为什么要工作"了。

这个问题，据我所知道的有三种学说：

（一）报恩主义。我们人类所以必要工作的缘故，就因为我们所消费的，都是别人所给予的，既是别人有恩于我，我们自然是应该报答。从前奴隶对于主人，与现在无识的劳动者对于资本家皆是此种感想。

（二）偿债主义。我们所以必要从事工作的缘故，因为我们所消费的，都是与别人交易得来的，非如报恩主义，专凭良心上、道义上应该报答的问题，乃是实际上有无相通、公平交易的问题。安那其主义（Anarchism）① 的集产派（Collectivism）主张各取其所值，即本于此种观念。"集产派主张生产机关（如土地、机械等物）归公有，需要物（如衣、食、房屋等）归私有，各人所得之报酬当视其工作之多寡以为比例。此派学说，

---

①安那其主义即虚无主义，亦即无政府主义。——原编者注。

谬误甚多，为共产派（Communism）所攻击。"

以上两种主义，其立论根据虽然不同，而根本上的错误则是一样，因为他们都承认世界上有"施恩者""债权者"之存在，所以才生出这"报""偿"的关系。这种"施恩者""债权者"观念发生的原因，是错把一种"该做或不该做的"事情，当作"可以做可以不做的"的事情，譬如父母对于儿女是应该扶养教育的，在报恩主义则以为这种扶养教育的行为是"可以做可以不做的"，如父母尽了他们分内该做的责任，便视为一种大恩，如父母不尽他们分内该做的责任，亦觉得无大过错。又如生产机关生产物本应属之公有，而不应随意独占，在偿债主义则以所有权为前提，而谓借贷关系是一任意行为，"可以贷可以不贷的"。总之，以上两个主义都错把别人分内应该做的事情视为恩，视为债。我以为父子之间各做所当做，爱其所爱，无所谓报恩；社会之中，各尽所能，各取所需，无所谓偿债。将来大同世界①，老病残废皆由社会扶养。若责以报恩偿债，我恐怕这些人永无"报""偿"的日子了！

以上两个主义，既不能解决"为什么要工作"这个问题，遂产生第三个主义。

（三）共同生活主义。吾人不能脱离社会而生存，一衣一食，一坐一卧，所有一生的需要，皆取自社会。之所以能

---

①大同世界，即指全世界人类完全达到和平、相爱、互动的大同主义，而消灭种族或民族的偏见的那个将来的世界。——原编者注。

存在，能进步，又全赖人类继续不断地劳动。古语说"一夫不耕，或受之饥；一女不织，或受之寒"，故吾人最大之职分即是：

为共同生活而工作，以创造未来之世界。

曹伯韩（1897—1959），当代著名语言学家。曾任香港《华商报》翻译、桂林《自学》月刊主编、昆明《进修月刊》编辑，后于桂林师范学院任教。著有6部语言学专著以及20余部历史、地理、国际关系、青年修养等人文社会科学方面的学术和文化普及读物，如《语法初步》《世界历史》《语文问题评论集》《中国文字的演变》《怎样求得新知识》《国学常识》《民主浅说》《通俗社会科学二十讲》等。

释修养

曹伯韩

"修养"这个名词的含义，可以说是自我训练。修养方法诚然可以由旁人来指导或启发，但实际修养之事，非本人去做不行。并且修养是长时期内一个不断努力的过程，其目的无非是强健自己的身心，使自己成为一个"完人"，所以和通常所谓训练者没有什么大不同的地方，只不过不是由教官来训练，而是自己训练自己罢了。在效果上看，自我训练比通常的训练要来得切实。而且更深刻地说，任何教育都只能给被教育者一点儿帮助，实际上被教育者的进步，不经过自己努力是不能获得的。所以修养的重要性，对于在校与不在校的青年没有什么分别。

从"修养"这两个字来看看这个名词的语源吧。"修"是"修身齐家"的"修"，"养"是"养心""养气"的"养"。《大学》上说："自天子以至于庶人，壹是皆以修身为本。"这可见古时候的人把修身看得重要。因为从前封建时代所行的家长政治是以有权威的个人为中心，帝王之家与庶民之家，大小虽不相同，组织都是一样，为家长而"欲齐其家者，先修其身"（《大学》），"其身正，不令而行；其身不正，虽令不从"（《论语》）。这种政治称为"人治"，又称"德治"，与民主主义时代的"法治"相对待。从前政教不分，所谓"作之君，作之师"就是以"君"兼"师"，其教育方法则注重"以身作则"，所谓"以言教不如以身教"，以身教就是以家长本身的行为做榜样，所以为家长者一定要能修身。至于"养心"或"存心"、"养气"，则是修身的方法。

《孟子》说："养心莫善于寡欲。"又说："我善养吾浩然之气。"又说："存其心，养其性，所以事天也。"这些话是几千年来儒家修养方法的根据。孟子认为人类的天性是善的，生来就具有仁义礼智的良知、良能，照现在的话说，就是具有道德的本能。所谓存心，就是保存这种本能，不让它丧失。所谓养性，就是培养这种本能，使它向上生长。一句话，存心养性，就是将人的良知、良能加以发展，使行为自然合乎道德。至于世人的为恶，乃因贪欲太大，把天良蒙蔽了，所以要养心就不得不寡欲。寡欲，就是将人们对于声色货利的贪心加以限制的意思。孟子生于战国时代，眼见封建诸侯争地争城，杀人如麻，要说服诸侯行仁义，讲王道，只得请他们自动地清心寡欲。他又说，存心养性可以事天，就是说天意要人行善，好人才能得到天保佑。这是带宗教意味的话。而他所谓"浩然之气"，有人也说是指人心中的"神"说的。总而言之，这种修养方法相当神秘，不合于科学的道理。我们现代人的修养必须注意环境、学问、工作与私生活各方面的条件，不能单单在存心养性上做功夫。过去是家长政治时代，封建诸侯居于一国（诸侯之国）的家长地位，有独裁之权，不受国人监督、制裁，而战国时诸侯跋扈，其上级的大家长周王也不能监督、制裁他们，那么叫他们改行仁政，本只有凭天良的空洞办法。但这种办法是不可靠的，历史上明君贤主能行仁政的虽也有几个，并不见得是存心养性的效果，那只是客观形势启示着，不行仁政就不能得民心，而君主的主观认识也看清楚了这一点，所以决心行仁政罢了，哪里是清心寡欲的功效呢？存心养性问题以后还要说，这里且不多谈。

我们由以上的解释可知"修养"的名词有很久远的传统，但传统的意义却不能不有所改变。倘使在民主主义的时代，还拘守封建时代的修养方法，那就有损无益。

上文，我说修养的目的是要使自己成为"完人"。所谓"完人"，当然是完美无缺的人，也就是合乎理想标准的人格。从前说到理想的人格，总是神秘的。比方说"为天地立心，为生民立命，为往圣继绝学，为万世开太平"，这是一个"完人"的任务。又如说"仁以为己任"就是以仁为任务，而"仁"又是"与天地万物合为一体"，这就是"天人合一"的思想。从前有句话说"学究天人"，就是说某人的学问是研究天与人的关系的，这是恭维那个人学问高深的措辞。究竟这种高深学问的意义在哪里呢？在从前发蒙学生所读的《三字经》上说："三才者，天地人。"可见古人把"人"和"天""地"相配，而认为天、地、人都是有意识的，天、地的意识就是神意；人中间最有道德的，其意识和神意相通，即能代表它，所以能"为天地立心"。孟子说："充实之谓美，充实而有光辉之谓大，大而化之之谓圣，圣而不可知之之谓神。"圣人和神的距离是很近的，那么圣人的学就不能不有几分神秘，而"为往圣继绝学"，即把失掉了传统的古圣人之学延续起来，当然也是神秘的事。这一点到后面还要说明，这里我们只说我们理想的人格。

我们理想的人格是什么呢？这个人必须有正确的宇宙观与人生观，有远大的理想，而能够脚踏实地，以全副精神去力行；但他不是超越凡民的神人，也不同天地鬼神合为一体，而是同"凡民""黎庶"合为一体，在其中做一个前驱者。为了达成他的任务，他必须在行动中锻炼他的身心，使自己具备健全的体魄，具备大智、大仁、大勇的精神。因为社会上的中坚分子不是天生成的，而是斗争中磨炼出来的。

这里所说"行动中的锻炼"或"战争中的磨炼"，就是我们所意味的"修养"。

因此，修养应当包括几方面：(1)身体的修养，即体格的锻炼，卫生习惯的培养等；(2)知识的修养，即经过"博学""审问""慎思""明辨""笃行"的种种方法以认识宇宙和人生的真理，并准备一种实际工作的专门知识；(3)品性的修养，即锻炼大仁、大勇的人格；(4)技能的修养，即日常生活以及事业上、职业上所需要种种技能的培养，如说话的技术、运用文字的技术，这是最基本的，其他可以类推。

这四方面的修养都很重要，但其中最成问题而须加详细讨论的就是（2）（3）两方面，尤其是品性的修养，向来在我们的传统学术中占着中心的地位，即使知识修养，也包含在它的范围之内，所以有特别多加讨论的必要。

这些问题以后自当逐渐地来讲，我在这里要指出的，就是现代的知识范围非常广大，绝不能包括在品性修养中间去，不过基本知识与品性修养确有相当关系，因其可以帮助我们获得正确的宇宙观与人生观的缘故。有人曾经抱怨今天的科学不是教我们做人的学问，但我们不能说科学所研究的与人生毫无关系。科学是把自然现象及社会现象分成若干部门来研究的，所以每一部门都是偏而不全的，如果综合各种科学的研究成果来看整个的事实，我们就能够有全盘的认识，而且认识的真切与深刻一定超过没有科学的时代。我们对于自然界和社会都有真切深刻的认识，就是有正确的宇宙观和人生观，因此我们的行为也就会有合理的趋向。

再则我们所谓理想的人格并不是一成不变的，而是日新又新、与时俱进的，否则，像戊戌维新志士康有为，在当时是社会先觉，二十年后，一变而为受人唾骂的顽固分子，那不能跟时代前进的结果，不但个人吃亏，社会也要受其损害了。

因此，一个领导人物绝不能片面地"以身作则"教育群众，他同时还应当向群众学习，受群众的教育。如果承袭过去家长政治时代的"君师主义"（即以君兼师的主义，从前《新青年》杂志载有陈独秀的《非君师主义》，即系批评这个主义）的作风，只是"好为人师"，而不肯以群众为师，那就有变成时代的落伍者的可能。

所以今天的修养必须是集体的，不但一个普通人，即使一个领导分子，他也不应当离开集体的影响，高高在上地去存心养性。这并不是说领导分子应当无条件遵从群众的要求，相反地，他正应当在群众中起领导的作用，教育群众，纠正群众的错误。他和群众应当相互影响，相互勉励，以争取集体的进步，从而各个分子也跟着进步。

青年们对于这些话，请不要以为和本身生活无关，无论在学生自治会里面，在青年社会服务的团体里面，都各自有它的领导分子和群众，上述的修养原则是可以应用的。

（《青年修养》）

曹　孚（1911—1968），字允怀。1929年在麦伦中学高中部毕业后留校任教。1933年入复旦大学教育学系深造，1937年以全校英文成绩最优、文学院毕业成绩最优、全校毕业生总分第一三项最优，获"异等茂才"金质奖章并留校任教。1947年赴美国科罗拉多大学教育研究院深造，两年后获教育学博士学位。其作品《生活艺术》和《丰富的人生》深受读者欢迎，多次再版，被当时的教育期刊列为教师阅读书目。

人生兴趣

曹　孚

梁任公先生曾经有一篇演讲，题为《学问之趣味》，他说，他是一个主张趣味主义的人，"倘若用化学化分'梁启超'这件东西，把里头所含一种元素名叫'趣味'的抽出来，只怕所剩下仅有个○了"。

这话不仅适用于梁任公，也适用于你我，适用于任何人。一个人的生活内容，决定于他的趣味内容。趣味广泛者，其生活内容丰富；趣味狭窄者，其生活内容贫乏。一个人生活品质之高低，也决定于其趣味品质之高低。

趣味在英文应该是Taste。与这个词有密切关系而意义类似、几乎不可分辨的一个词是"兴趣"（Interest）。有些人，例如心理学家麦孤独①，曾就兴趣与趣味两词的同异做过纤微的辨析。但梁任公所说的趣味，则实际上等于兴趣。本文以人生兴趣为题，盖以兴趣兼包趣味，其说见下文。

兴趣也好，趣味也好，世人对其意义，每多误解。以为趣味也者，滑稽也，幽默也。凡可以引人发笑之事是有趣味的事，凡能够引人打哈哈的人是有趣味的人。假使这样，我们提倡人生兴趣，岂不是奉笑匠、丑角为人生极致吗？

英、美的教育学家对"兴趣"二字下过很精确的定义，他们说兴趣就是关心。你对某人关心，你就是对某人发生兴趣；你对某事关心，你就是对某事发生兴趣；你对某物关心，你就是对某物发生兴趣。所关心之人、物、事愈多，兴趣之范围愈广泛。

兴趣决定人的生活内容。它首先决定人之智识生活内容。有兴趣然后生注意，能注意然后肯观察，肯思考，然后能格物致知。现代教育上特别提倡兴趣主义，即足以证明兴趣在智识之获得上所占地位之重要。

有人说，智识的最后泉源是行动，智识产生于行动。这话也不足以动摇我们的智识产生于兴趣的臆说。在这里，因果是循环的。我们对关心的事才肯行动，而行动也可创造我们的兴趣。

———————————

①此处应是麦孤独［William McDougall（1871—1938），英国裔美国心理学家，策动心理学的创建人］，疑原文译名有误。——编者注。

广泛的知识、渊博的学问是丰富的人生之第一条件，而智识、学问之获得又须以求知的欲望、学问的兴趣为条件。一种教育对这学问的兴趣不能尽培养之功，反而有戕贼之害，这种教育不但是失败而已，简直是一种罪过。

梁任公先生说，他并不用道德的观念选择趣味："我不问德不德，只问趣不趣。"近代德国大教育家海尔巴脱（Herbart）①是将兴趣引入教育学的第一人。他在教育上主张"多方兴趣"。但这"多方兴趣"是达到道德修养之手段。他以为教育之最后目的是道德。在他看来，有多方兴趣，就是道德。

当代美国教育家波特②也有类似的主张："一个人的道德的品质，表现在他的对一切有关兴趣各给适当分量的照顾上。"

为什么多方兴趣可以使人在道德上向善呢？对这类难解答的问题，我愿意杜撰一个答案：

道德之大本，我以为就是同情。一般人对"同情"两字的理解是这样的：对别人之痛苦不幸起同鸣同感者是同情。其实，同情的意义应该比这个为广阔。凡对他人之感受与考验，不论苦乐，不论幸不幸，有同鸣同感者就是同情。经此扩充，同情的意义不等于关心吗？没有关心，就没有同情。同情是产生于

①今译赫尔巴特（1776—1841），德国哲学家、心理学家，科学教育学的奠基人。——编者注。

②即卜舫济（Francis Lister Hawks Pott，弗郎西斯·利斯特·霍克斯·波特，1864—1947），美国圣公会传教士，教育家。上海圣约翰大学校长。——编者注。

关心的，同情就是对于"人"的关心。

强盗杀人越货是不道德的，因为强盗对被杀被抢的人家不关心。但是强盗还不是最不道德的人，因为强盗对他一伙中人还是关心的。就像庄子笔下的盗跖这类人，入先，出后，分均，所以是"盗亦有道"。但强盗究竟是不道德的，因为强盗关心他一帮的福利，但是不关心大社会的福利。

对人的关心，在中国古代语汇中称为"仁"。宋儒程明道对"仁"字的解释是这样的：

> 医书言手足痿痹为不仁，此言最善名状。仁者以天地万物为一体，莫非己也。认得为己，何所不至？若不有诸己，自不与己相干。如手足不仁，气已不贯，皆不属己。……

"己"与"相干"就是关心的意思，而痿痹麻木就是不关心。"不关心"之至，是左手不知道关心右手，这是最大的"不仁"；其次是只关心自己一身，而不关心自己的家人；再其次是关心自己的家，而不关心自己的国……至于"仁人"呢？"己欲立而立人，己欲达而达人""老吾老以及人之老，幼吾幼以及人之幼"，他在关心自己之外，能够关心到"人"，即是别人。有人掉在水中的，大禹觉得是自己把他推在水中；有人挨冻，大禹觉得是自己把他的衣服剥掉的。范仲淹做秀才时就以天下国家为己任。他终身是"先天下之忧而忧，后天下之乐而乐"。这都是"大仁"的例子。大仁的人关心亿兆人，不但关心当代的亿兆人，他关心千百代的亿兆人。仁发展到极点，会突破对人的关心的界限，进而对物也关心起来，所以有"仁者亲亲而仁民，仁民而爱物"这句话。这就是"以天地万物为一体"的心理状态，就是参天地、赞化育的心理状态！这是"仁"的最高境界！

除了"麻木不仁"，另一个不道德行为之根源是蔽于事理之是非。在这里，多方兴趣是最好的救济。如像法国谚语所说的，"了解一切则宽恕一切"。有多方兴趣的人最能设身处地，推己及人，最能面面顾到，最能实行恕道！

海尔巴脱分兴味为六种：第一，经验的兴味；第二，推究的兴味；第三，审美的兴味；第四，同情的兴味；第五，社会的兴味；第六，宗教的兴味。归纳起来，我们可以说，经验的兴味与推究的兴味是"真"的兴趣，同情的兴味、社会的兴味、宗教的兴味是"善"的兴趣，审美的兴味就是"美"的兴趣。"真"的兴趣与"善"的兴趣已经讨论过了，现在轮到"美"的兴趣。

一位艺术家对一位地主说："这块地的所有权是属于你的，这块地上的风景是属于我的。"地主对自然美不关心，所以那地上的风景对他是不存在的。艺术家对自然美有兴趣，所以那地上的风景属于他。

自然美的种类多着呢。江上的清风，山间的明月，晨曦、晚霞、夕照、高山、流水以及康德所称道的"灿烂的星天"，这些都是苏东坡所谓"耳得之而为声，目遇之而成色，取之无禁，用之不竭，是造物者之无尽藏也，而吾与子之所共适"的！然而对于许多人，这份无尽藏的宝库是并不存在的，因而也就无从"适"起。工业文明、都市文明有一个缺点，就是它汩没了一般人对自然美的兴趣。而农业与工业打成一片，城市与乡村化为一家的理想假使实行，则保全人类对自然美的兴趣是它的诸种祝福中的一种。

有一位侨华的外国人，写了一篇题名《花的文化》的文章，盛称中国人对花之关心。当然，在这抗战期间，全国努力扩大农业生产之际，我们同意郭沫若先生的主张——"化花园为菜圃"。但在太平盛世，则花的爱好，其本身是值得提倡的。因为花的栽培与供奉是介乎自然美兴趣与人为美兴趣之间，而可以作为两者之桥梁的。

人为美就是艺术，音乐、图画、雕刻、建筑、文学是它的诸形态。普通人讲趣味（Taste），几乎单单指着艺术趣味而言，然而正是这艺术趣味最受人们的忽视。达尔文在《自传》中说过这么一段话：

> 在三十岁之前，乃至在三十岁稍稍出头的几年间，各式各样的诗歌给予我很大的愉快。就在做学童的时候，我对莎士比亚，尤其对他的历史剧，感觉浓郁的兴味。我也说过，从前图画曾给我相当的，而音乐则给我甚大的兴味。但是现在，好多年来，我竟不能耐烦去读一行

诗。我最近想重读莎士比亚，但觉得它是不可忍耐的乏味。我也已经失却了对音乐与图画的趣味了。……假使我能重度此生，我一定要立一规定，至少每一星期要读若干的诗，听若干的音乐，因为，也许凭这"练习"，我的现在枯萎掉的一部分脑筋可以恢复其生命。这种趣味的丧失就是幸福的丧失，而且也许对我的智慧生活，尤其恐怕对我的道德品格是有损害的，因为我削弱了我天性中的情绪部分。

达尔文至少曾经有过艺术趣味，到后来才丧失的，所以丧失了还知道悔恨。有许多人则根本从来不曾尝过这种趣味，所以对这种趣味的丧失根本不会觉得悔恨，正像生而眇者不识日，所以不以看不见太阳为终生恨事一样。

与达尔文的例子正相反的是歌德。在关于莎士比亚的一篇演讲中，他这样自白：

> 我读了他的作品之第一页，就使我终生属于他的。当我读完了他的一个剧本时，我仿佛是一个生而盲目的人，觉得有一双神奇的手，在一瞬之间，赐给我以光明。我看见、我感觉（最生动地）我的生存是无限量地扩大了；灼灼的光芒，使我的双目生痛……

所谓"生存之无限量地扩大"，即是生活内容之无限量地加丰。莎士比亚的作品像是一扇窗户，通过这窗户，歌德看见了、感知了许多神奇的人生兴趣。窥见与感知人生兴趣的窗户一共有三扇。第一扇是"知"的窗户，从这里面你可以看到"真"；一扇是"情"的窗户，从这里面你可以体会"美"；一扇是"意"的窗户，从这里面你可以感知"善"。

庄子在《逍遥游》中说："瞽者无以与乎文章之观，聋者无以与乎钟鼓之声。岂唯形骸有聋盲者？未知亦有之!"岂唯知有聋盲？情与意亦有之！

法国诗人纪德有《田园交响曲》一部小说，是一篇美丽的散文诗。一个生而盲目的女子受一位牧师的收养与教育。她眼睛看不见世界上的形形色色，然而她的灵魂感知着一个美丽而和谐的世界。而牧师的妻子与女儿所看到的，却只有柴米油盐一类的家庭琐事。她们没有精神生活，在这母女两人的灵魂上并不燃烧着火焰。那美丽而和谐的世界对她俩是不存在的。

像牧师的妻子与女儿一样，对许多人生兴趣，尤其高级的人生兴趣是聋盲着的人，世上多的是！

我们提倡多方兴趣，是不是我们对一切兴趣，不问好坏，一视同仁，兼收并蓄呢？或者，更彻底地问，兴趣有没有好坏之分？

兴趣是有好有坏的，而我们对兴趣，应该取其好的，舍其坏的，并不是多多益善。

梁任公说："凡一件事做下去不会生出和趣味相反的结果的，这件事便可以为趣味的主体。赌钱趣味吗，输了怎么样？

吃酒趣味吗，病了怎么样？做官趣味吗，没有官做的时候怎么样？……诸如此类，虽然在短时间内像有趣味，结果会闹到俗语说的'没趣一齐来'，所以我们不能承认它是趣味。凡趣味的性质，总要以趣味始，以趣味终。"

凡是短时间内像有趣味，而不能以趣味始以趣味终者，梁先生不承认之为趣味。但我们以为，那也是兴趣，不过是坏的兴趣。而区分好坏的标准就是梁先生所建议的兴趣本身的持久性。以趣味始而以没趣终者是坏的兴趣，以趣味始以趣味终者才算是好的兴趣。

我们可以建议第二个区别的标准，那就是兴趣的周遍性。一种兴趣，如其排拒其他同样好或者更好的兴趣者，就是不好的兴趣；反过来，一种兴趣，能诱发其他同样好的或者更好的兴趣者，就是好的兴趣。

从前卫懿公好鹤，好鹤是他的兴趣。因为好鹤，他不理国政，以至于身亡国破。这就是一种兴趣排拒了其他更好的兴趣，所以它成为一种不好的兴趣。

托尔斯泰的《伊凡之死》是一部震撼世界文坛的中篇杰构。主人翁伊凡，题材即是伊凡的全部生活史。他在每一时期之中只能有一个兴趣。他的生活，在同一时期之内，只为一种兴趣所支配。有一个时期，他的兴趣是"办公"。他在人与人的接触中，看不见"人"，只看见"公事"。这兴趣也支配着他的家庭生活。他与他的妻子之间是所谓貌合神离。他只关心公事，对家庭生活并无兴趣。有一个时期，他的唯一兴趣是他的住宅。

最后，他唯一所关心的是他自己的疾病。他过的是悲惨的生活，而其所以悲惨，乃因其生活为一种兴趣所垄断而将其他人生兴趣排挤了。这篇小说可以作为"多方兴趣"的说教看。所谓兴趣之周遍性，就是兴趣之"多方面性"。

多方兴趣是一种相当难能的造诣。任何兴趣，如果处理不当，都能流于垄断与排他。就说读书的兴趣。颜习斋最反对读书人："试观今天下秀才晓事否？读书人便愚，多读更愚。"读书假使能使人愚，那是因为读书兴趣将其他人生兴趣排拒了的缘故。读书兴趣一落入书蠹手中，便使他陷入牛角尖中，其结果："读书愈多愈惑，审时机愈无识，办经济愈无力。"

持久性、周遍性之外，我们另有一个区别兴趣之好坏、高低的标准，那就是兴趣的"合理性"。波特在其《教育哲学要义》一书中，"兴趣"与"理想"两个名词往往连用。"兴趣或者理想"。随后他对这两个名词也曾加以区别。他说，兴趣加上思考就是理想。讲到这里，我要请求读者回到兴趣与趣味之异同的讨论上去。据麦孤独讲，一种活动，趣味之上，支撑之以情操者，就是兴趣。而情操是什么呢？情操就是好恶情绪之附着于一种固定的对象上，而其间又有认识作用参加者。简化起来，我们不妨这样说吧：从趣味到兴趣，从兴趣到理想，只是认识作用或者思考作用之从无到有，从少到多而已。趣味加上思考是兴趣，兴趣加上更多之思考是理想。譬如对音乐的爱好，假使只是单纯的爱好，终生由之而不知其所以然，这是趣味。假使单纯爱好之外，加上对音乐的崇敬，对音乐家的钦仰，并且由这崇敬、钦仰而增加其爱好，这是兴趣。假使认为音乐可以振作民族精神，净化民族人格，而又确认自己对音乐有相当的天分，因而选定音乐为自己的终生工作，这兴趣就发展成为理想了。

所以兴趣中必须有思考、有理想。有些趣味，如赌博、喝酒，是经不起思考的，所以不能成为兴趣，最多也不过是低级兴趣。一个人赌博，假定想以此名家，成为国手，一个人喝酒，假使如李太白之流，能建立一套喝酒哲学，那就趣味中加上思考，又当别论。做官而存着"素其位而行""达则兼善天下"的胸襟，则做官是一种兴趣，一种高级兴趣。

有些教育家对兴趣及理想另作一种区别。他们说，乐趣在于活动本身者是兴趣，乐趣在于本身以外者是理想。为读书而读书，兴趣即在读书过程之中，这种读书是兴趣。对读书本身不以为乐，甚至深以为苦，但是为将来的生计不得不读书，为救国不得不读书，这读书就成为理想。

波特辈将兴趣分为目前的兴趣与遥远的兴趣。儿童，一般地说，只有目前的兴趣。一个成人，在心智发展上，可以永远滞留于儿童的阶段，假使他对遥远的兴趣永远不能感觉到兴趣。遥远的兴趣，其成立的条件，为高度的理性化。所以遥远的兴趣往往就是理想。也往往地，以遥远兴趣为动机的活动，其本身是缺乏乐趣的。

我们提倡人生兴趣，我们尤其提倡遥远的人生兴趣。我们要将最大量的思考与认识作用加入我们的兴趣中。我们提倡发展到理想程度的高级兴趣。

在上文中，我们曾经引用过乐趣（Pleasure）两字。乐趣与兴趣是不是同一样东西？以为乐趣就是兴趣，和以为兴趣就是好笑、滑稽，同样是严重的错误，是英、美的教育家所为一致辞辟的。那么，兴趣与乐趣两者之间的关系应该是怎样的？我以为，乐趣不是兴趣的全部，但是构成兴趣的一个因素。在目前兴趣中，乐趣的存在是显然的；就在遥远的兴趣中，乐趣也是存在的，不过那是想象中的乐趣。而且，一种活动，最初即使以遥远的兴趣为动机，久而久之，其本身也会发生乐趣的。

而乐趣也有等级的高下，如像兴趣有等级的高下一样。区别兴趣等级之高低的三个标准——持久性、周遍性、合理性——同样适用于乐趣。凡一种乐趣最能持久，又不致排斥其他乐趣，而思考的结果又确信使己乐而不致使人不乐，甚至不独乐而可以与众共乐的……这是最高级的乐趣。

假使我们接受这个标准，那么最高的兴趣同时就是最大的乐趣。最高的人生兴趣怎样？用持久性、周遍性、合理性作衡量的尺度，那是真、善、美的兴趣。用同样三个标准去衡量乐趣，最大的乐趣是什么？就是真、善、美的乐趣！

爱因斯坦在《我的世界观》一册散文集中，说像牛顿、刻巴勒[1]诸人，穷年累月，终日埋头在实验室中工作，别人以为苦

---

[1]今译开普勒（1571—1630），德国天文学家和数学家。——编者注。

而他们不自以为苦，因为他们在实验室中找到了别人所想象不到的乐趣。岂但是牛顿、刻巴勒，就是爱因斯坦自己，岂但牛顿、爱因斯坦，就是一切大大小小有名无名的科学家，岂但自然科学家，就是一切社会科学家，岂但自然、社会科学家，就是一切献身于真理的学问家，他们都能有孔子的"发愤忘食，乐以忘忧，不知老之将至"的这一种乐趣。

美的兴趣呢？孔子闻《韶》，三月不知肉味。罗斯金（Ruskin）① 说得好："一件美的事物是一种永恒的欢乐。"在美的兴趣中，乐趣是最能持久的。梁任公有一篇《教育家自家的田地》的演讲，大意说，教育家的不倦之学与不厌之教是没有别人可以夺去的田地。美的兴趣，不更是没有别人可以夺去的田地吗？

迭更斯的中篇小说《圣诞欢歌》② 中的主人翁斯克罗奇是一个为富不仁、铁石心肠的老头儿，他可以说是一丝善的兴趣都没有的。然而他过的是最没乐趣的生活，冷冰冰、阴凄凄的。"什么主宰情操，我们可以培养；我们有生之日，那情操的对象永无毁灭之忧，而其欲望又能永远导着我们走向高贵的目的而不致导我们入于永恒之不幸福中的呢？"麦孤独这样问。他自己的回答是："那是一种趋向品格之善的志愿。"仁者不忧，仁者是能够常乐的！

---

①今译拉斯金（John Ruskin），英国作家、艺术家、艺术评论家。——编者注。

②即狄更斯的《圣诞颂歌》。——编者注。

乐趣（或者说快乐）就是幸福，快乐主义者这样说。理想主义者说，不是的。但假使那乐趣是来自兴趣，尤其来自高级兴趣，真、善、美的兴趣呢？乐趣就是幸福，理想主义者可以接受这说法。

我们奉真、善、美为最高级的人生兴趣，假使其唯一理由是因为它们是最大、最高的乐趣，那种个人主义的立场是不够的。要肯定真、善、美在人生兴趣之阶梯上之最高级之位置，我们得予以社会学的根据。

真、善、美的乐趣不但能使个人生活向前向上，也能使社会生活向前向上。

从社会学上讲，所谓教育，就是个人之社会化。使个人生活于社会、民族的生活之中，使他吸收社会、民族大生活中之一部分以为自己的生活内容，这就是个人的社会化。而个人之吸收社会、民族大生活，实以人生兴趣为单位。吸收人生兴趣，在范围上愈多方面，在程度上愈深入，这种人社会化的程度愈彻底，功夫愈到家。而社会、民族生活一共有三个方面，表现为知、情、意三种社会环境。我们不能无选择地用社会环境去同化个人，而应用社会环境中之精粹去同化个人，那精粹就是真、善、美的人生兴趣。

教育，如像波特辈所主张的，应该培养"一种对领域不断扩大的兴趣作同情的反应的态度"，而使学生"用自发而智慧的同情去参加多方面的人生兴趣"。

所以多方兴趣之培养，在个人讲，是人格或者生活内容之加丰；在社会讲，是社会化程度的加深。波特更进一步，他认为多方兴趣的培养，在个人讲是道德化，在社会讲是民主化。他认为："凭着想象去分尝一切种类的经验，不将任何一件'人生'的东西视为与己无关的能力就是生命之加丰的别名——这生命之加丰，在个人生命中以道德理想的形式起作用，在社会生活中，则其作用是民主主义的理想。"

问：人生兴趣，尤其是多方面的、高级的人生兴趣，如何培养？

一个人人生兴趣范围的广狭，程度的深浅，一部分决定于其天分，即是其根器。如像歌德说，宇宙人生是一个公开的秘密，但只有具慧眼的人才能看出那秘密。根器浅薄的人，对有些兴趣，尤其是高级兴趣，是无法感觉兴趣的。

但更大的决定因子是环境。梁任公列举培养学问的趣味的方法四种，其中有一项是"找朋友"。他认为有共学共游的朋友可以摩擦出趣味。我们不妨将"朋友"扩大为"环境"，因为朋友也是环境之一种。最重要的一种环境是家庭环境！因为，心理学家一致承认，幼年时期是决定我们人生兴趣的最重要的时期。生长在有音乐的家庭中的人，长大了一定富有音乐兴趣。苏联的教育当局很注意美育，在婴儿院、幼儿学校中，他们特别在环境之美化上（例如寝室之布置，墙饰，进膳时之音乐）下功夫，他们想自幼培养起儿童的爱美兴趣。第二种重要环境是乡党。孟母三迁决然不是多事。总括一句话，父母对儿童将来的人生兴趣之范围及品质，负有决定性的责任。

学校也是一种环境，然而是一种特殊的环境，所以，作为决定人生兴趣之因素，它是应该另立一"目的"。人在其各自的家庭、乡党环境中，可以吸收人生兴趣，然而那种兴趣往往是片面的，而且畸轻畸重，往往不平衡。学校应该而且可能注意各种人生兴趣之均衡和谐的发展。再则，普通环境中所供给的人生兴趣，其品质也往往有问题。学校是一种特殊的环境，它应该供给学生以纯化了的、高级的人生兴趣！

培养人生兴趣的最重要的方法是"力行"。兴趣可以诱发活动，引起努力，英、美教育家这样说；反过来，活动与努力也足以造成兴趣。兴趣之特征是对事物之全神一贯的注意。注意有两种，一种是自动自发的注意，一种是勉强的注意。但力行的结果可以使勉强的注意变质为自发自动的注意。勉强的注意是"义务"，自发自动的注意是兴趣。通过力行，以勉强始者可以自发自动终，以义务始者可以兴趣终。梁任公列举四种培养学问趣味的方法，有一种是"深入"。趣味是愈引愈深的，浅尝辄止，不足以尽兴趣之滋味。到底，教育是决定人生兴趣之广度、品质与深度的最重要的因素，而最重要的教育是自我教育，培养多方人生兴趣、高级人生兴趣的最后责任，到头还是落在各人的自己努力上！

我们于列举几种人生兴趣的培养方法之余，不得不提出人生兴趣培养之一个重要条件。纪德笔下的牧师的妻子在结婚之前，曾经有过高级人生兴趣的。结婚之后，儿女成群，家务粟六，于是那高级人生兴趣消失了。假使社会环境强迫着女子把生活圈子局限于厨房之内，我们就不能苛责女子之缺乏丰富而高级的人生兴趣。劳苦大众自幼缺乏教养，先已失却发展人生兴趣的凭借。而其工作条件又太恶劣，生活状况太悲惨，他们之比较不容易同丰富而高级的人生兴趣接近是不值得惊讶的。杜威论美国的文化就强调这一点。一个社会的文化水准并不以少数特出的个人之文化修养为尺度，而应以一般人民之文化修养为尺度，而一般人民之文化修养则决定于其生活，尤其是经济生活条件。美国的文化水准不高，据他说，因为美国的经济生活不利于大众的文化修养。一个人假使只知道追求个人的文化修养，而忽视了使一般人的文化修养成为可能的社会现实，那是逃避现实，而以象牙塔为出路，或者教人安于这现实不想改变，那反而有害于人群之进步。

　　杜威所说的文化修养，就是我们所说的人生兴趣之修养。

　　所以重复一次，讲人生兴趣，我们的立场不应该是个人主义的！

（《生活艺术》）

沈志远（1902—1965），经济学家。早年考入上海交通大学附属中学，后任教于松江景贤女中。1926 年赴苏联莫斯科中山劳动大学学习，1931 年回国。1933 年至 1938 年先后任上海暨南大学、北平大学（今北京大学）、西北大学教授。主要著作有《计划经济学大纲》《新经济学大纲》《近代经济学说史纲要》《雇佣劳动与资本》等。

如何处理人生的各种具体问题

沈志远

在这一章①里，我想跟诸位来谈谈如何处理人生的各种具体问题。

以上各章，有的是批评各种不正确的人生观，有的是从正面讨论到如何做人的种种问题，如人生的意义和价值，人生的看法和态度，以及人生的方向和目的等。这些都是关于人生观的一般原则问题，是基本性的问题。而本章所要讨论的，都是关于人生中所必然要碰到而不能予以解决的各种生活上的具体问题，这里面包含着学习问题、事业和职业问题、男女关系和家庭问题以及政治态度问题等。做一个现代的青年，是谁也逃避不了这些问题的任何一个的。所以讨论人生观，绝不能躲开

①本文选自沈志远所著《新人生观讲话》中的第十二章。——编者注。

这些切身的具体问题不谈而专门埋头于"意义"、"态度"、"方针"、"目的"以及什么主义、什么"化"（科学化、战斗化）之类的抽象原则问题。后面这些问题虽然非常重要，但是如果专门在那些抽象原则里面兜圈子，陶醉在这些响亮动听的调子里，对于实际的切身具体问题反而熟视无睹、马马虎虎，那么，一遇到这类实际的具体问题时，就会一筹莫展，毫无办法。照这样子去研究人生观，是研究一万年也没有结果的。假如有结果的话，那也只是学会空谈人生观的本领而已。或者是把书本里读熟了的人生观的一些理论原则，胡乱地、机械地应用到实际问题上去，结果是于事不但毫无补益，有时反而妨碍了问题的解决。这就是犯了教条主义或公式主义毛病的缘故。

实际上，人生的一般原理、原则和它的各种实际的具体问题是有着密切的联系的。原理、原则只有通过在实际具体问题上的灵活运用，才不至于变成空谈，才能显出它的可贵；反之，对于人生种种实际具体问题的处理，只有根据人生一般的原理、原则去进行，才能获得正确合理的解决。

以下，我们就要根据前面各讲所谈的种种人生基本原理，来试图解决（处理）人生的种种具体的实际问题。

一、 学习问题

首先，我们要把"学习"这个名词的概念弄弄清楚。向来一般人把学习解释成求学或求知，又把求学或求知解释成读书。这种观念是很普遍的，然而同时是很错误的。我今天跟诸位讨论的是学习问题，而不是狭义的求学或求知问题，更不是更狭义的读书问题。学习里面虽然也包括求学、求知和读书，但是它的范围和含义却要比求学、求知和读书宽广得多，它的意义也和求学、求知、读书大不相同。

从含义的范围上讲，一般所谓求学或求知，只是以书本上的学问或知识为限，我们平常说某人学问好，某人知识渊博，这里的"学问"和"知识"都指的是读过很多的书，知道很多书本里的知识，说得好一点，不过多一些科学或文学的知识而已。所以求学和求知往往易被人们看成和读书同意义的事情。学习的含义就要广泛得多。第一，学习不一定限于书本，学科学，学文学，固然是学习，学生产，学做事，学待人接物，学参加政治运动，乃至养成习惯，磨炼意志等，又哪一件不是学习呢？只要是人生范围的事情，可说没有一件不常要我们去学习的。而且，即学科学和文学，也不能只限于读书，科学的实验和调查，文学的随时随地观察社会现实，体会人生，也无一不在学习之列。第二，普通所谓求学，都指的是在学校里读书的那段时期，所以一般人往往把求学看成青年的专业，过了青年期就不该进学校求学了。可是学习则不然，学习绝不单是青年的责任，学习的场所亦绝不限在学校的范围以内，同时，学习更不只是人生某一段时期内应做的事情，而是应该终身不间断地去进行的生活。实际上，人从少到老，没有一分钟不需要学习的，离开了学习，人生就没有进步，不进则退，生活就难免要堕落，人生的意义也就全部失去。所以学习即生活，生活即学习。俗语说"做到老，学到老"，做一世人，就学习一世。

其次，怎样学习呢？

第一，根据前面"人生是实践的"这一个原则，我们的学习必须和实践打成一片，这就是大家所熟知的"理论和实践统一"的意思。学习不是专门死盯住理论，老在抽象的理论里面兜圈子，而重要的是要把理论融化到实践中去，并根据实践的经验去充实理论，发展理论。学习更不是说把理论的书籍读到烂熟，能够背诵，遇到工作和斗争的实际问题，则束手无策，处处碰壁。背熟了这样的"理论"，实在比不懂理论还更坏。向来中国的读书人，最注重的一件事就是"熟"和"背"。所谓"熟读诗书""半部论语治天下"，意思就是只要把书背得烂熟，就仿佛万事全休，什么事都可以干了。实际上这自然是骗人的鬼话，正好比背熟了"退鬼咒"仍然吓不退鬼一样。不幸得很，今天一般知识分子虽然整天满口科学，却还是免不掉以熟背为学问的最高尺度的遗毒；像这样子的和实际隔绝、和实践分裂的理论，学习了一辈子有什么用处呢？

第二，学习既是必须把理论和实践统一起来，把普遍原理和具体实际打成一片去进行的，那么我们学习和研究某一事物或现象，就不能持主观主义的态度，不能单凭主观的热情去应付，而首先应从客观的真实情况出发，对我们所研究的事物或现象应做系统性的周密的客观考察，而绝不可单凭主观的臆测和推想，更不可背了一套现成的理论，"削足适履"地把它应用到空间、时间及其他种种条件都不相同的具体现实上去。粗枝大叶，马马虎虎，单凭主观，无视客观实际情况，随便乱下断语，乱做结论，这便是反科学的主观主义的学习态度，而这样的学习态度，除了教人不进步和处处碰壁外，不会产生别种效果的。

第三，和主观主义的态度相关联的另一种不正确的、有害的学习态度是"自以为是""好为人师""目空一切""老子天下第一"的态度。这种态度不但对于学习很危险，对于整个人生同样是万分危险的。有人把这种"自以为是""好为人师"的态度比作"背包裹"，意思是说一个人背上背了一个大包裹，他就走不动路，甚至不能前进一步。这一比喻是很像的，但是自满自大的毛病，其危害之大，实在还远甚于行路人之背包裹啊。青年朋友们，对于这种毛病必须事前及早打预防针，远远地躲避它才好!

二、 事业和职业问题

凡是有点志气的青年，总想立志做一番事业的。然而，处在眼前中国这种动乱不定、苦难频仍的环境里，青年要想立志做一番理想的事业，是谈何容易呀。青年一跑到社会上来，当头的第一个迫切问题，就是吃饭问题。"上帝"恶作剧，偏偏赐给每个人一个肚子，每个人有这个肚子，他就非一天三餐装饱它不可，肚子装不饱，当然什么事业都谈不到。因而吃饭问题，或者说职业问题，就成为每一个有志青年的头一个难题了。

假如我们所找到的职业，同时就是我们的事业，职业和事业完全一致，那当然再好没有了。但是事实哪会这样凑巧，这样如意呢? 实际的情形倒往往是相反的: 成千成万的青年，干着不愿干的职业，自己想做的事业更谈不到。如果有这样的情形，我们怎么办呢？是否从此郁郁不得志而自己消沉下去呢？这是万万要不得的，消沉实际就是自杀的代名词。

那么，假如遇到这样的情形，究竟该怎么办才好呢？对于这个问题的回答，是跟我前面谈过的学习的含义有关系的。要知道在当前中国这种非常不合理的社会内，一个人想称心如意地过生活、做事情，几乎是办不到的。假如有，那只是千分之一、万分之一的例外。因此我们立志想做的事，绝不能希望它立即做到，也不能希望它很顺利地实现的。中外古今做大事成大业的伟人，试问有哪一个不是经过无数的崎岖曲折、艰困险阻才达到成功的呢？近代的发明巨人爱迪生是报童和学徒出身的，革命文豪高尔基的童年和少年时期的生涯，简直和奴仆无甚区别，然而他们终于成了历史的伟人，对人类大众建立了不朽的功勋。因此，当我们青年人到非去就职业不可的时候，我们首先当然尽可能要去找符合自己志趣的职业，但是在一时没有合意的事情而自己又非立即谋生不可时，那么，我以为只要不是根本违背自己的做人立场，只要不和自己的志愿太相反的，实在什么工作都可以做。尤其在目前这个年头，在糜烂动乱、疮痍满目的今天，青年们经过一番艰苦工作的锻炼，是绝对有益无害的。艰苦是最好的锻炼，顺利的境遇是人生最可怕的陷阱。某种工作，虽然不合志趣，但只要是应当做的工作，我以为任何事情，好好地用心做去，是没有一件没有意义的。扫地抹桌，一般人看来是最卑贱、最无意义的工作了，然而不会扫地的人扫起地来灰尘高扬，扫不干净；不会抹桌子的人抹起桌子来，会把桌子上的东西弄得乱七八糟，而桌子易积尘垢的地方都没抹到。其实，只要扫地抹桌是应当做的工作的一部分，它虽小也未始没有意义啊。

我遇到过许多大学青年，他们有志于做一个作家，做一个文化战士。他们走来对我表示，要求我给他们工作，最好是在我下面工作，跟我学习。但是当我替他们安排好了工作，请他们到我这里来做助理员时，做了不到半个月，他们的兴致就渐渐淡起来了。他们在背地里叽咕，说要登记，要抄写，要画样子，要算字数，还要剪剪贴贴，或向人去讨文章……这样的技术工作，找个初中学生来也干得了，实在没有意思，做下去一辈子没有出息。再勉强挨过半个月，他们就托故向我辞职了。事后我和朋友们聊天时谈起这事来，哪里知道我的朋友也常遇到许多类似的青年，这我才知道原来存着这类有害的错误心理的青年人实在还不在少数呢！

唔，技术工作，堂堂大学生不屑做。我要反过来问问这种青年：假如你有一天真的做起主编或主笔来了，但是如果你对编排的技术、校对的技术，乃至所谓剪剪贴贴的资料工作，完全茫无所知的话，试问你的杂志或报刊如何办得好？你自己不懂得，如何去指导别人？假如你在做你所瞧不起的助理工作时，连编排样子也画不对，剪贴分类也不会，校对起来连篇的错字不曾校正，那你就根本连做助理的本事都没有，还有什么理由轻视那些所谓技术工作呢？老实说吧，不管技术工作也罢，非技术工作也罢，只要你不懂和不会的，而对于一件有意义的事情的完成，却是绝对必需的，我们就该去学习，努力去把它做好。也许你现在做的工作是比较简单的、琐碎的，但是不经过这种工作过程，整个巨大的复杂工程就无从完成。一架现代最新式的自动运转机，是由无数大大小小的螺丝钉、钢片、轮子、轮轴、弹簧钢板以及其他很复杂的机件所构成的。比较起某一轮轴或某工作机件来，一个螺丝钉或一块小钢片的任务，自然是很简单的。但是假如没有这种螺丝钉或小钢片，这架巨大的机器，动作上就立即会发生故障，甚至于根本不能活动。从整架机器的作用上讲，螺丝钉的工作虽较简单，却是这架机器所不可缺少的。我们现在的能力只有做螺丝钉，那么就学习做一个健全、可靠的螺丝钉，等到做了一个时期，我们的能力担当得起钢板的任务了，我们才去做一块钢板，但是也一样要学习做一块健全、可靠的钢板。这样，才能在将来做一架发动机。我们的就业，也应采取这种态度。只要不是根本上和我们的志愿和我们的人生目的相违背，事情的大小，工作的繁简，职位的高下，是没有计较之必要的。一个粗工出身的工厂经理，一个行伍出身的司令官，实在往往要比一个留洋回来做现成经理，一个陆军大学出来当现成官长的强得多啊。"有志者事竟成"，青年朋友应牢记这句话。

三、 男女关系和家庭问题

任何青年，除了学习问题和吃饭问题外，一定还有一个两性问题——男女关系问题。这个问题处理得不恰当，往往会陷于无限的苦闷，乃至对于学习、工作和事业发生莫大的阻碍作用。这是应当十分谨慎地去处理，而且必须按照预先深思熟虑定了的原则去处理的。

首先，择偶跟择业一样，在当前中国的大部分社会环境内，要择定一个现成的理想配偶，不一定是容易的。事实倒往往相反：到处是怨偶多于佳偶，至少也可以说，感情平淡的配偶多于互相热爱的夫妇。这该是谁也难加否认的，而这绝不是偶然的现象。

这里的根本原因是在中国社会经济和政治的落后。具体地说，是因为男女社交的自由实际上还没有真正获得。除了几个大都市里所谓"摩登"少爷、小姐和老爷、交际花之间享有"社交"自由，大亨、吃客可在富丽堂皇的新式酒菜馆里和漂亮的女士们谈"社交"自由，以及在机关、银行和百货公司柜台内有十分之一（每十个男职员中有一个女职员）的社交自由，大学校内有二十分之一（一般大学的男生与女生之比例，大概是二十比一）的社交自由之外，在万分之九千九百九十九的男女间，真正的社交自由是不存在的。大多数的男女为什么会没有社交自由呢？主要的原因就在中国大多数女性被关在家庭里，她们没有独立的生活，没有在社会上占有适当的地位（因为没有职业）。大多数女性既不在社会上露面，大多数男性就失去了社交的对象。而大多数女性没有独立地位，最根本的原因就在中国社会经济的落后和政治的黑暗、不民主。

　　只有在社交充分自由、社交机会充分发达的条件之下，男女关系才有比较合理的可能。然而社交的完全自由，却只有在社会主义的社会内才能真正实现。在样样商品化的资本主义社会内，社交和恋爱均难免带着浓厚的金钱臭味和商品色彩，真正的自由还是谈不到的；不过较之半封建的中国社会，究竟是自由得多了。

　　社交既无自由，男女宛如隔成两个世界，很少有接触机会选择爱的对象，自然只好马马虎虎，结果，恋爱婚姻的纠纷就成为普遍的现象了。

　　在这样的现实情况之下，我要奉劝青年朋友们，进行恋爱和进行事业一样，先别把理想提得太高，过分高的理想，过分理想化的婚姻对象，只会使你失望灰心，绝不能帮助你实际解决问题的。然而降低自己的理想，并不是教你马虎从事的意思，"杯水恋爱"① 是前进的青年应当加以排斥的。所谓降低自己对于恋爱对手的理想，意思就是不要把自己理想中的爱人设想成一个品格、容貌、性情、学问、思想、才能样样都好的完人，因为这样一个十全十美的理想的人，在现实社会内简直是不可能有的。即使你没有抱着这种高不可攀的理想，在你选择爱人的时候，先应该反问一下自己：我在品格等方面怎样？是不是适宜于爱他或她及被他或她所爱？

　　同时，罗曼蒂克的恋爱观和恋爱至上观把恋爱描写成超越

---

　　①即把恋爱看成像喝一杯水那样轻易。——原注。

一切、至高无上的行为，这在今天早已成为腐朽不堪的过时思想了，稍稍有点新时代思想的青年，自然已经知道这种小资产阶级理论是骗人的。我可以明确地向大家说，绝对性的恋爱是不存在的，一切恋爱都是有条件的，有条件的恋爱才是现实性的恋爱。

我说要把理想降低一些，那么要对方具备怎么样的条件就可以同他或她谈恋爱呢？我认为一个最必要的条件就是要做人的基本方针大体相同。具体一点说，就是要生活目的，想为大众服务的志向，非大体一致不可。因为缺少了这一条件，则双方所追求的人生目标互相背驰，一个抱个人享乐主义，一个抱刻苦奋斗主义，生活上就绝对不能合在一起，即使勉强结合，也只是一辈子受貌合神离的痛苦，除形式上的夫妻关系而外，还有什么意义可言？

其次，一个很重要的条件是身体的健康。向来一般谈恋爱的青年往往忽视了这一重要的条件，但是实际上"健全之精神，寓于健全之体格"这句格言，对于两性关系实在非常重要的。一个强壮的青年同一个病西施配在一起，或者一个健美的女性同一个肺痨病者配在一起，要家庭生活不痛苦是绝对不可能的。只有在配偶双方体格都正常的条件之下，才谈得到结婚之爱的幸福；经常遭病魔侵袭的家庭，是谈不到什么幸福的。而且从事业和传种的立场讲，体格健全的两性结合，对于事业和儿女的贡献是不可限量的。

然后才谈得到思想和个性的统一问题。其实双方的思想、个性相同固然很好，但说不上是顶重要的恋爱条件。譬如说，一方思想前进，一方思想稍稍落后些，或者根本没有什么成熟的思想，这样的一男一女，我认为只要具备前两个条件，结合起来还是可能很幸福的。因为思想比较落后（或没有什么成熟的思想）的一方，只要双方感情好，一定会被思想进步的一方所同化的。至于个性相同，更非必要。毋宁说，夫妻个性还是有些差异来得好。譬如说一个比较刚强些，一个比较柔和些；一个比较理智些，一个比较感情些。这样反而可以互相调和，互得益处。

至于学问、能力、职业、地位等，更都不能说是恋爱的条件了。因为这些东西，在私产社会内都与经济力量有关，都难免带着金钱臭味的。假如拿这些作为恋爱的条件，那你就会陷于虚荣和拜物主义的泥坑里去，对于两性生活的幸福，是毫无帮助的。

最后，我还要讲一讲维持两性爱的方法问题。要长期维持爱情于不堕，最重要的方法是：第一，要互相尊重，互相体贴。古人所谓"相敬如宾"这句话实在是有相当真理的。一般夫妻，因为天天睡在一床，吃在一桌，天天生活在一块，太熟了就容易不客气，乃至无意中失去互相尊重之心。这实在是夫妻不睦的重大原因。然而仔细分析起来，所谓夫妻，不过是密切的友谊之上加了肉体关系和共同生活；朋友之间尚且应当互相尊重，有了更深于朋友的关系，为什么反而可以无须互相尊重呢？这是无论如何讲不过去的。至于互相体贴，乃是共同努力、共同进步的一个重要条件。一个人吃了亏有人安慰，碰了钉子或者处境不利有人鼓励，这样，对于这个人的奋斗和进取，有着何等大的帮助，是不言而喻的。

另外，一个维持爱情的根本方法是两人共同投入改造社会的事业中去，做一对事业中的同志，从事业中去发展和充实夫妻关系，把感情扩大范围到事业里去。如此，就不会发生家庭生活疲乏化的倾向，夫妻间的爱情也就可以永久维持下去了。在一切资产阶级的家庭里，夫妻间的真爱情是连影子也见不到的，有的只是虚伪的金钱关系，主要原因之一就是夫妻生活的单调和贫乏。所以我说夫妻爱情的维持，必须建立在双方不断共同创造的基础上。

我们处于当前这个时代，"家"确实还有它的积极作用。当"家"里的种种职能（Functions）尚未完全社会化（即变为社会的职能，如养老、育儿、教育、治病等）的时候，"家"的保存和充实家庭生活还是有它的必要的。自然，所谓充实家庭生活，并非恢复过去大家庭制的意思，而是说对年老的父母应该给予相当的看护和安慰，对于未成年的子女应该认真负责教养，对于不能自立的兄弟姊妹应该尽力加以帮助。凡此种种，都是生活在这过渡时代的中年人所不能不负起来的天职。所谓天伦之乐，在这样的家庭里是不能说没有的。帮助人共同进步，负责我当先，享受在人后，一家之内，大家抱这样的精神，自然可以对侵袭来的不幸与灾难奋斗。一贯只求自己享乐的人，往往不一定是幸福快乐的人。

四、 政治态度问题

特别做一个今天的中国人，不问政治简直是不可能的。我们本想不问政治，但政治却每一分、每一秒钟要找到我们头上来。种田的老百姓本来只知道埋头于庄稼工作的，但是贪官污吏所订的苛捐杂税、奇重的佃租负担，不断地要加到老百姓头上来，使他们不但不能安心耕种，而且简直弄得连活也活不下去。老百姓怎么能不问政治呢？工商业家本来只知道安分守己地从事生产买卖，但是官僚政府的绞杀政策（统制、专治、官营等），使得民营的工商业不但无利可图，而且弄得他们非纷纷关门不可。工商业者怎么能不问政治呢？教书的先生和求学的学生们本来很想安安心心教书的教书，求学的求学，但是党化教育政策和特务制度使得学校变成了人人自危的恐怖世界，弄得有学问、有正义感和热心教育的教师在学校里都不能立足，有进取心、有志向和安分守己的青年都不能在校好好学习。教师和青年学生怎么能不过问政治呢？总而言之，一切人等，处在政治黑暗的国家中，要不过问政治是做不到的。因而对政治的态度问题，就成为每一个人生活上的重要问题了。

政治既不能不过问，对政治该持什么态度的问题，就非有一番严密的考虑不可。

这里，我先要向大家声明一句：我们绝不能希望每一个要求进步的青年，个个都变成政治家，甚至也不能希望每一个青年都去做政治活动。政治虽跟每一个人的生活都有着密切的关系，我们不问政治，政治偏要找到你头上来，但这并不能解释每一个人非去从事政治活动，把政治活动作为自己的事业不可。在任何国度里，哪怕在人民政治水准最高的社会主义国度（苏联）里，也远非人人从事政治活动，甚至并非多数人都从事政治活动的。一国国民中，从事政治的总只有少数人。然而我们尽可不以政治为事业，对政治却不能不加以过问的。所谓过问政治，我想应具有以下三点意思：第一，是时刻注意到国内外局势的动向，并须努力求得对这种动向的正确认识。为要达到这一步，我们必须每天细心阅读日报和必要的进步刊物，可能时集合志趣相同的人常来讨论时事。第二，我们应坚持一贯的正确的政治主张，并且尽可能传布这种政治主张。为要达到这一步，我们就该利用一切机会去向人家解释或同人家讨论。第三，我们虽不一定要做政治行动家，把政治活动当作职业，但是我们以一个健全国民的身份，对于重大的国事，为了贯彻我们的政治主张起见，就应该参加必要的政治行动，尤其处在今日这一种动荡不安的政治局势之下，这是必要的。

依据这样的见解，有两种不正确的倾向是必须加以纠正的。一种倾向是只愿自己本位而不爱过问外事的"独善其身"的倾向。所谓在商言商，在学言学，"洁身自好"，莫管闲事，就属这一类倾向。另外一种倾向是蓬头垢面，终日开会，在学者抛弃学课，在业者玩忽职务，认为这些都不足道，政治高于一切。抗战初期，一般只知奔奔跳跳、不耐点滴苦干的所谓"救亡青年"就属于这一类。前一种倾向是准备做顺民、做羔羊的倾向，这是大家都容易认得清的。后一种倾向却看起来似乎很革命、很前进，所以一般热血青年很易犯这毛病，其实，像这样子的"革命"是没有步伐的"革命"，这样子的"前进"是没有"踏脚板"的前进。一个真正的现代革命者，绝不能忘记自己的本岗位；相反的，他们的革命作用，恰恰是须要通过本岗位上的奋斗和完成本岗位的任务才得表现出来的。对本岗位的责任马马虎虎，或甚至于完全脱离了本岗位而来高谈革命，这样的革命是全无基础可言，完全不着边际，一点没有步伐的。这只是感情的冲动，对革命毫无补益。要知道革命这事业的规模是非常巨大的，它的方面是非常繁复的。革命需要千千万万人参加到它的各个方面去发挥他们各自的积极作用，这样的千万人、亿万人的分工合作，综合起来才能完成整个伟大的革命事业。反之，假如四万万人全体都专去从事政治活动，那么革命事业所绝对需要的生产经济、交通运输、文化宣传、新闻教育、学术研究以及工程建筑、医药卫生等事业部门，有谁去负责呢？

所以荒弃本岗位的职责而专事奔跳高喊的人，即使是每会必到，每到必发言，每发言必慷慨激昂，看起来似很前进，实则这样的"前进"是没有基础的，或者说是没有"踏脚板"的。因为政治变革好比越过一道鸿沟，但假若没有一块"踏脚板"，我们绝对无法越过鸿沟而前进的。因此，不坚守岗位和不忠诚于本岗位工作的人，纵然他对政治运动的热闹场面十分感兴趣，严格说来是不革命，甚至妨害革命的。

当然，坚守岗位，恪尽职守，绝不是"在商言商，在学言学"的意思。"各人自扫门前雪，莫管他家瓦上霜"的人生态度是应当坚决反对的。我们只是主张在自己的岗位和职责为整个革命事业一部分的条件下，须认识到每个人的本岗位和职责是每个人自己在革命事业中的特殊任务。

此外，关于政治态度的问题，这有几点非常重要的原则须特别提起注意的。

首先，我们不问政治则已，如欲过问政治，首先就该认清现代的政治是科学的，不是情感的，是现实的，不是单凭热情冲动的。现代的政治和《三国志》《水浒传》时代的政治大不相同。当时的政治主要是建立在"桃园三结义"的基础上，是建立在个人的情义或家庭情感关系上的。现代的政治（官僚政治、特务政治、流氓政治等，当然都谈不上现代政治）则讲究科学的政治组织、法制系统、政治斗争的策略和战术等，简单一句话，不论行政也罢，组织也罢，政治斗争也罢，一切都是建立在制度上、规律上和政治科学的指导原理上的。因此，过问现代的政治，首先一个条件是要根据一定的政治原则，根据一定的政治立场，绝对不能牵涉感情的成分在内。一个人政治上的正确与错误均应以这种原则立场为准绳，而绝不应依个人的好恶来决定。

然而当我们说"政治是现实的"一语时，我们却别把"现实"误解为只顾眼前利益，只求得问题的一时解决的那种意思。我们固须顾到眼前利益，但尤须注重将来远大的基本利益；眼前的问题固须解决，但尤应注意到使眼前问题的解决不致妨碍（甚至有助于）将来问题的根本解决。所谓"政治是现实的"，只是表示从事政治不但不能依凭感情，更不能依据主观的理想或意志，我们必须从客观的现实、具体的实际情势出发，去对整个的客观局势做冷静的全面考察和分析，然后依据从这种考察和分析所得到的结论去做正确的行动。从事政治的人虽不可没有一个远大的理想，但理想仅仅指示我们以最后的目标，却不能被用来应付当前的实际问题。唯其如此，所以政治活动须注重策略和战术。

其次，我们对于政治的基本立场，应该是为大众的立场。现代政治是人民大众的事情，所以处理政治，一切均须以人民大众的利益为依归。离开了这一原则立场，我们的政治路线就非错误不可。譬如今天我们大家所要争取的民主政治，就必须站在全国大多数人民的立场，为着他们的利益，代表他们的意志，通过他们的力量，才能获得最后的成功。站定了这样的立场，还必须以坚定的意志和坚毅的奋斗去贯彻它。

最后一个重要的方针是当我们在行动的时候，我们应坚持一条正确的路线。如果犯了右倾机会主义或尾巴主义①的毛病或是犯了盲动主义和急性病，结果都是破坏乃至断送人民大众的事业。这是我们参加政治运动的时候所不可不谨防的。

（《新人生观讲话》）

---

①机会主义就是离开革命立场的妥协主义和投降主义，尾巴主义就是做群众的尾巴或反革命集团的尾巴。——原注。

黄忏华（1890—1977），著名佛学理论家，学习过梵文与藏语，对唯实学及印度哲学、藏传佛教皆有研究。1926年夏结识太虚大师，自此追随大师，为佛教事业而努力。曾任上海《新时报》与《学术周刊》编辑。抗战期间任教于厦门大学，写出大量佛学理论方面的书籍。所著《中国佛教史》成为我国学术界以西洋学术著作方式撰写佛书的先驱，被誉为"现代中国人撰写的第一部系统的中国（汉传）佛教通史"，被众多佛教院校用作教材。

落花与人生

黄忏华

落花是最富于悲哀美的，古代的诗人很喜欢拿它作题材。大抵不是象征红颜薄命，就是隐喻紫玉成烟，或者借落花悼叹好景难常、人生飘忽。悲歌年年岁岁花相似、岁岁年年人不同的诗人，却以为明媚鲜妍的春花，虽然为时无几，然而春花明年再发，依然红紫芳菲；而人们却不能够返老还童，起死回生。这样看起来，人生的飘忽比花还要薄命呢！其实今年的新蕾，何曾是去岁的残花。花与人生，一样是电光石火。泪眼看花，正须卿须怜我我怜卿呢！

现在暂且把落花放下，单说人生。我本来是一个人生诅咒者，但是我所诅咒的人生，是变态的人生，不是正则的人生。正则的人生是很有价值的，是很可宝贵的，它像旋火轮一般，旋出美丽的艺术、哲学、宗教，旋出伟大的科学文明。

　　像残杀、攘夺、忌刻、阴毒等类，都是人的兽性，就都是变态的人生。假如人生的真相就是这样丑恶，那么，我们就情愿世界早一点陆沉，让四大海水冲上来，把人类的污点洗干净。然而兽性是后天的习染，就像澄洁的太空，当中忽然横上一片兽形的狰狞可畏的黑云，不过太清偶然被它滓秽。至于人的本性，就是正则的人生，却是至美至善的，却是富于爱、富于创造性的，所以是很可赞美、很可歌颂的。然而这个又温馨、又美丽、又灵活的人生也只和无知的草木无异，无后无前，只有中间一幕。我们假如静心一想，能够不感触人生的无价值、无意味，能够不苦恼、烦闷、悲哀累累如丧家之犬吗？

（《弱水》）

卢锡荣（1895—1958），1914年公费留学美国，入哥伦比亚大学政法学专业学习，1919年获哲学博士学位。1922年回国后，先后任云南省教育司参事、东陆大学（今云南大学）副校长。1928年任云南省教育厅厅长。1937年在南京中央大学创办新闻系。1945年创办上海私立光夏中学（今上海五四中学）、大学，任校长。

美的人生观

卢锡荣

中国人过去的生活，是平庸的生活，是腐化的生活，没有理想的生活，美的生活。

"美"是什么？十八世纪中，德国哲学家薄姆哥登（Alexander Gottlieb Baumgarten）① 创成独立的科学曰"美学"，亦称"审美学"。

我们讲"美"，可从两方面讲起：一方面以艺术的眼光——纯正美的眼光——讲美；另一方面，以哲学的眼光讲美。

以艺术的眼光讲美，我们看了 Zaiusforufu 的画，读了 Victor

---

① 今译鲍姆加登（1714—1762），又译鲍姆嘉通，德国哲学家、美学家，被称为"美学之父"。——编者注。

Hugo①，Goethe②或李、杜的诗，漫游瑞士日内瓦及劳森③的名山水，我们的思想完全受美的洗礼，我们呼吸的空气也完全是美的空气了。

以哲学的眼光讲美，又仔细分为两层：

第一，先就"美"与"真"言。真的是美，不真的就不是美。旧时代的旧画家喜谈唯实主义，画一树则一枝一叶，株株而计之；画一山则一草一木，寸寸而较之。这似乎是"真"了。但是我们看树或看山时，绝不是一枝一枝地俱看得清楚或一草一木俱看得清楚。我们所看得到的完全是活的印象，而不是死的或机械的实体。所以旧时代的画是机械化的画，是似真而实非真的画——不真不美。从另一方面讲，现代印象派的画，是建设在我们日常经验的基础之上的，是建设在"真"的基础之上的。"真"的表现，即"美"的表现。

第二，就"美"与"善"言，如说谎是最不道德的行为，是最不善的行为，同时也就是最不美的行为。

理想的人生是美的人生，但是我们想把我们的人生美化，第一步要把我们的人生道德化、理想化、善化，至善即至美。

中国过去的社会生活大半是腐化的社会生活，过去社会的人生观大半是腐化的人生观。鄙人前在广西省立女子中学演讲，

①维克多·雨果（1802—1885），法国诗人、小说家。——编者注。

②歌德（1749—1832），德国思想家、小说家、剧作家、诗人、自然科学家、博物学家、画家。——编者注。

③今译洛桑（Lausanne），地名，为瑞士西南部城市。——编者注。

尝说"一国文化的发达，须从女子教育始"，我们现在的生活也须"从女子教育始"。

梁任公氏说："女子为教育之母。"因为对一个小孩，胎教是很重要的。母亲有优美的胎教，儿童始有优美的禀赋。

养成美的人生，要从女子教育着手，我们从前的社会是男性社会，是男性专制一切的社会，女子的精神生活、物质生活都被男子"压迫""束缚"至极点。就习惯一方面言，女子只知道依赖、服从；就性情一方面言，女子只知道嫉妒、褊狭；就思想一方面言，女子只知道"东家的狗，西家的猫"，狗猫以外，非所知了。因之女子奴性化。女子既奴性化，男子未生以前受女子的胎教，既生以后，更受女子家庭的教育。因之男子亦渐渐女性化——奴性化。因之依赖、服从、嫉妒、褊狭，遂成为我国男子之第二天性。于是，我国遂变为女性的国家，同时亦变为奴性的国家

所以我们要养成"美的人生观"，须改良女子教育，然后得到人类"美的生活"。美的生活概分：

（一）个人生活。个人生活分两方面：（1）物质生活；（2）精神生活。

欧美女子以康健为美，女子能游泳，好运动，饮食卫生，服装优美，这是物质生活的美化；学问精深，道德高尚，这是精神生活的美化。我国自宋儒讲"理性"，灭"情感"。压抑情感，发展理性，但结果情感不发达，理性亦不发达。片面的发展，片面的精神生活，是畸形的生活，是呆板的生活。我国一

千余年以来，社会生活奄奄无生气，皆受宋儒之赐。我们要情感理性化、美化，物质生活、精神生活两方面完全发展。

（二）家庭生活。欧美女校都设有"家政科"，欧美家庭用美的观念去布置家庭，清洁美化，引人美感！反观中国家庭怎样呢？……造成家庭美化的重大责任是在女子，因女子较男子富有"美感"。

（三）社会生活。中国民众是没有社会生活的，就把上海方面讲，街道污垢，不堪居留，令人不快！讲到社会生活的美化，先须把切身利害的都市市政美化。法国巴黎有一条著名街道，分电车道——备行电车的，汽车道——备行汽车的，马道——备骑马行的，人道——备人徒步的，道边林木荫森，何等美化！

改良市政是社会生活美化的要点。中国社会乱七八糟，大家"胡说""胡行"，更讲不到什么秩序了。

社会生活应包括物质的美——市政，和精神的美——文化。社会的物质生活和精神生活一齐美化！那么，个人、社会、国家才有整个的"美的生活"了。

最后鄙人简单说几句：我们理想的生活是美的生活，我们要养成美的生活，第一步要打倒腐化的以至畸形的、死的人生观，第二步养成"真的"——美的人生观。

潘　菽（1897—1988），早年称潘淑，心理学家、教育家，中国现代心理学的奠基人之一。1920 年毕业于北京大学哲学系。1921 年赴美留学，先后在加利福尼亚大学、印第安纳大学、芝加哥大学学习，1926 年获芝加哥大学博士学位。1927 年回国后，被最早成立心理系的第四中山大学（前身是东南大学，后来改称中央大学）聘为心理学副教授，半年后升为教授，兼心理系主任。

创造与人生

潘　菽

宇宙的变迁进化如一大瀑流，生命的变迁进化亦如一大瀑流，滔滔不返，是没有一时一刻停止的。世界各种生物的各团体，皆为此"生命大瀑流"的一涓一滴。生命的瀑流在此宇宙之中，一方面流转不息，滔滔不返；一方面同物质接触，互相作用，利用物质使生命的势力不绝发展，譬如雪球在雪中滚去，愈滚愈大一般。

宇宙中的生命在物质中滚去，利用物质，吸收物质，愈滚愈大，愈流愈阔，这就叫作生命的创造。创造的意义就是，生命利用物质，使彼的势力不绝地发展，内容的丰富不绝地增加，向前进行，决不反顾。

创造是生命的内容。创造的作用如一时停止，宇宙中的生命就立刻消灭。生命原来是一种势力，这种势力是活动的，不是静止的，彼的存在全靠利用物质做不绝的创造。我们试想：生命的各种作用哪一件不是利用物质的创造？生命的内容把创造的作用去掉，还有什么会存在？

人是生物之一，人生是"生命大瀑布"的一部分。生命的内容是创造，无创造就无生命。所以人生的内容也只有创造，无创造便无人生。

"柳暗花明又一村"这句诗是最足以形容人生创造的内奥的。人生的兴趣只有从创造可以得来。喜新厌旧，这是人的天性，并且是好的天性，并不是坏的天性。人类所以能进化，全靠这喜新厌旧的创造做彼的原动力；人生所以有价值，也全靠这喜新厌旧的创造做彼的内容。

人生时时能有"柳暗花明又一村"的境地，人生方有价值。人生时时有"柳暗花明又一村"的境地，这是何等兴趣！有此兴趣，人生方有价值，因为人生的本质就是创造，人生的目的就在不绝地发展人生的潜力，不绝地求一个丰富完美的生活。但是这种"柳暗花明又一村"的境地须用人生自己创造的能力得来。

人生的伟大，除创造外，就不会发现了；人生的自觉，除创造外，也不会发生了。人生价值的高下端视创造的能力而定，愈有创造的能力，人生愈有价值。最高贵的人类，就是最富于创造能力的人类，最富于创造能力的人类，也就是最适于生存的人类。我们人类不是自称"万物灵长"，立在宇宙中傲然自大的吗？但是我们人类所以能为"万物灵长"，所以足以傲然自大，全靠一点较大的创造能力。天然的势力来，我们能抵抗彼，利用彼，甚而至于驾驭彼，自造出种种新境地，所以发现人生的伟大；人生的能力在此创造中应用，能得到预期的效果，所以发生人生的自觉，觉此伟大。

单调，寂寞，无聊，闲散，幽禁，坐禅，我想这种人生是最苦没有的了；迷古，服从，崇拜，保守，消极，放任，我想这种人生是再没有比较、没有价值的了。人若常过单调、寂寞的生活，就要觉得无聊，憔悴起来，失了生趣；人类若只知保守，只知崇拜过去，人类社会就不会进步发达，或者至于退化消灭。这也可以证明人生的内容是活动地创造，不是静止地保守了。"流水不腐"，人生的创造就如水的流，不流就要腐败的。人生若只有静止地保守过去，试问人生还有什么意义，什么乐趣？所以人生宁可奋斗而死，不愿过单调、寂寞、无价值的生活。

人生过单调的、保守的生活就满足吗？人生既以单调的、保守的生活为满足，那么，何必要有今日，更为什么再要有明日呢？人生既以保守过去为目的，那又何必有现在？人生既以崇拜古人为目的，那又何必生今人？今人和现在，照这样看来，岂不是毫无意义吗？最可笑的一班人，就是要想活几百年几千年，他们所用的方法，就是闭目静坐，不声不响灭绝一切感官、心灵的作用。试问这种生活就是果真能延长到几百年几千年，有什么意义，什么价值呢？这种生活就是假使和宇宙的年龄一样长，也实在单调得很，寂寞无聊得很。这种单调的无聊生活，有一点钟也足够了，哪里值得延长到几百年几千年呢！人生假如只闭目静坐、灭绝一切心灵、感官的作用，宇宙间又何必多此一个不中用的废物！我们须知人生的价值不在彼无量地延长，而在彼内容的丰富。而丰富的人生就是创造的人生。

还有一班消极的保守派，以为新青年的种种设施、种种努力，都未必胜过旧的，都是在枉费的，以为我们照着古人遗传下来的老习惯做去就好了，何必炫新立异呢？这班人绝不会懂得什么叫作创造，我们无须去同他们讲，我们也无须去同他们辩论新的胜过旧的在什么地方和所以要改造的缘故。我们就是退一步承认我们的创造是未必胜过旧的，但我们与其盲从古人，保守过去，不如自辟途径，开创将来。因为过去的和遗传下来的，无论怎样好，总是过去的了，我们无须去瞻依流连，做过去的奴隶，我们在人类的创造历史上应有特别应尽的义务，应作特别的贡献，不然就失去我们独立的价值了。就是再退一步，我们的种种努力都是失败，但我们创造的精神仍足以补偿失败而有余，我们这种人生比较消极的、保守的和依恋过去的要有价值得多。

现在把上面所说概括地总结一句：人生的内容和价值是在创造。

消极的，保守的，迷古的，可以醒了！

苏雪林（1897—1999），笔名绿漪等。享誉国内外的文学大师、学者。1919 年毕业于安庆省立初级女子师范，后考入北京女子高等师范学校国文系。"五四运动"时期以散文《绿天》与小说《棘心》轰动一时。1921 年赴法留学，1925 年回国。历任东吴大学、沪江大学、安徽大学、武汉大学以及台湾师范大学、成功大学教授。其一生出版著作 40 部，作品涵盖小说、散文、戏剧、文艺批评，在中国古代文学和现当代文学研究中成绩卓著。

青 春

苏雪林

一

记得法国作家曹拉①的《约翰戈东之四时》（*Quatre Journées de Jean Gourdon*）曾以人之一生比为年之四季，我觉得很有意味。虽然这个譬喻是自古以来就有人说过了，但芳草夕阳，永为新鲜时料，好譬喻又何嫌于重复呢？

不阴不晴的天气，乍寒乍暖的时令，一会儿是习习和风，一会儿是蒙蒙细雨，春是时哭时笑的，春是善于撒娇的。

树枝间新透出叶芽，稀疏琐碎地点缀着，地上黄一块、黑

①今译左拉（Emile Zola，1840—1902），19 世纪法国最重要的作家之一，自然主义文学的代表人物。——编者注。

一块，又浅浅地绿一块，看去很不顺眼。仅几天后，便成了一片苍然的绿云，一条缀满星星野花的绣毡了。压在你眉梢上的那厚厚的灰暗色的云，自然不免教你气闷，可是它转瞬间会化为如纱的轻烟、如酥的小雨。新婚紫燕，屡次双双来拜访我的矮椽，软语呢喃，商量不定，我知道它们只是看中了我的屋梁。果然数日后，便衔泥运草开始筑巢了。远处，不知是画眉，还是百灵，或是黄莺，在试着新吭呢。强涩地，不自然地，一声一声变换着，像苦吟诗人在推敲他的诗句似的。绿叶丛中紫罗兰的嗫嚅，芳草里铃兰的耳语，流泉边迎春花的低笑，你听不见吗？我是听得很清楚的。她们打扮整齐了，只等春之女神揭起绣幕，便要一个一个出场演奏。现在她们有点浮动，有点不耐烦。春是准备的。春是等待的。

几天没有出门，偶然涉足郊野，眼前竟换了一个新鲜的世界。到处怒绽着红紫，到处隐现着虹光，到处悠扬着悦耳的鸟声，到处飘荡着迷人的香气。蔚蓝天上，桃色的云徐徐伸着懒腰，似乎春眠未足，还带着惺忪的睡态。流水却瞧不过这小姐腔，它泛着激滟的霓彩，唱着响亮的新歌，头也不回地奔赴巨川，奔赴大海。……春是烂漫的，春是永远地向着充实和完成的路上走的。

春光如海，古人的比方多妙，多恰当。只有海，才可以形容出春的饱和，春的浩瀚，春的磅礴洋溢，春的澎湃如潮的活力与生意。

春在工作，忙碌地工作，它要预备夏的壮盛，秋的丰饶，冬的休息，不工作又怎么办？但春一面在工作，一面也在游戏。春是快乐的。

春不像夏的沉郁，秋的肃穆，冬的死寂，它是一味活泼，一味狂热，一味生长与发展，春是年青的。

当一个十四五岁或十七八岁的健美青年向你走来，先有爽朗新鲜之气迎面而至。正如睡过一夜之后，打开窗户，冷峭的晓风带来的那一股沁心的微凉和芫葱的佳色。他给你的印象是爽直、纯洁、豪华、富丽。他是初升的太阳，他是才发源的长河，他是能燃烧世界也能燃烧自己的一团烈火，他是目射神光、长啸生风的初下山时的乳虎，他是奋鬣扬蹄、控制不住的新驹。他也是热情的化身、幻想的泉源、野心的出发点，他是无穷的无穷，他是希望的希望。呵！青年，可爱的青年，可羡慕的青年！

青年是透明的，身与心都是透明的，嫩而薄的皮肤之下，好像可以看出鲜红血液的运行，这就形成他或她容颜之春花的娇，朝霞的艳。所谓"吹弹得破"，的确教人有这样的担心。忘记哪一位西洋作家有"水晶的笑"的话，一位年轻女郎嫣然微笑时，那明亮的双瞳，那两行粲然如玉的牙齿，那唇角边两颗轻圆的笑窝，你能否认这"水晶的笑"四字的意义吗？

青年是永远清洁的。为了爱整齐的观念特强，青年对于身体，当然时时拂拭，刻刻注意。然而青年身体里似乎天然有一种排除尘垢的力，正像天鹅羽毛之洁白，并非由于洗濯而来。又似乎古印度人想象中三十二天的天人，自然鲜洁如出水莲花，一尘不染。等到头上华萎，五官垢出，腋下汗流，身上那件光华夺目的宝衣也积了灰尘时，他的寿命就快告终了。

青年最富于爱美心，衣履的讲究，头发颜脸的涂泽，每天费许多光阴于镜里的徘徊顾影，追逐银幕和时装铺新奇的服装的热心，往往叫我们难以了解，或成了可怜悯的讽嘲。无论如何贫寒的家庭，若有一点颜色，定然聚集于女郎身上。这就是碧玉虽出自小家，而仍然不失其为碧玉的秘密。为了美，甚至可以忍受身体上的戕残，如野蛮人的文身、穿鼻，过去妇女之缠足、束腰。我有个窗友因面麻而请教外科医生，用药烂去一层面皮。三四十年前，青年妇女，往往就牙医无故拔除一牙而镶之以金，说笑时黄光灿露，可以增加不少的妩媚。于今我还听见许多人为了门牙之略欠整齐而拔去另镶的，血淋淋的也不怕痛。假如陆判官的换头术果然灵验，我敢断定必有无数女青年毫不迟疑地袒露其纤纤粉颈，而去欢迎他靴筒子里抽出来那柄锯利如霜小匕首的。

青年是没有年龄高下之别的，也永远没有丑的，除非是真正的嫫母和戚施。记得我在中学读书时，眼中所见那群同学，不但大有美丑之分，而且竟有老少之别。凡那些皮肤粗黑些的，眉目庸蠢些的，身材高大些的，举止矜庄些的，总觉得她们生得太"出老"一点，猜测她们年龄时，总会将它提高若干岁。至于二十七八或三十一二的人——当时文风初开的内地学生年龄是有这样的——在我们这些比较年轻的一群看来，竟是不折不扣的"老太婆"了。这样的"老太婆"还出来念什么书，活现世！轻薄些的同学的口角边往往会露出了这样嘲笑。现在我看青年的眼光竟和以前大大不同了，媸妍胖瘦，当然还分辨得出，而什么"出老"的感觉，却已消灭于乌有之乡，无论他或她容貌如何，既然是青年，就要还他或她一分美，所谓"青春的美"。挺拔的身躯，轻矫的步履，通红的双颊，闪着青春之焰的眼睛，每个青年都差不多，所以看去年纪也差不多。从飞机下望大地，山陵、原野都一样平铺着，没有多少高下隆洼之别，现在我对于青年也许是坐着飞机而下望的。哈，坐着年龄的飞机！

但是，青年之最可爱的还是他身体里那股淋漓兀气，换言之，就是那股愈汲愈多、愈用愈出的精力。所谓"青年的液汁"，这真是个不舍昼夜滚滚其来的源泉，它流转于你的血脉，充盈于你的四肢，泛滥于你的全身，永远要求向上，永远要求向外发展。它可以使你造成博学，习成绝技，创造惊天动地的事业。青年是世界上的王，它便是青年王国拥有的一切的财富。

当我带着书踱上讲坛，下望黑压压的一堂青年的时候，我的幻想往往开出无数芬芳美丽的花：安知他们中间将来没有李白、杜甫、荷马、莎士比亚那样伟大的诗人吗？安知他们中间将来没马可尼、爱迪生、居理夫人①一般的科学家，朱子、王阳明、康德、斯宾塞一般的哲学家吗？学经济的也许将来会成为一位银行界的领袖；学政治的也许就仗着他将中国的政治扶

---

①今译居里夫人。——编者注。

上轨道；学化学或机械的也许将来会发明许多东西，促成中国的工业化、现代化。也许他们中真有人能创无声飞机，携带什么不孕粉，到扶桑三岛巡礼一回，聊以答谢他们三年来赠送我们的这许多野蛮、惨酷礼品的厚意。不过，我还是希望他们中间有人能向世界宣传中国优越的文化、和平的王道，向世界散布天下为公的福音，叫那些以相斫为高的刽子们，初则眙愕相顾，继则心悦诚服……青年的前途是浩荡无涯的，是不可限量的，但能以致此，还不是靠着他们这"青年的精力"？

春是四季里的良辰，青年是人生的黄金时代。是春天，就该鸟语花香，风和日丽；但淫雨连绵，接连三四十日之久，气候寒冷得像严冬，等到放晴时，则九十春光，阑珊已尽，这样的春天岂非常有？同样，幼年多病，从药炉、茶鼎间逝去了寂寂的韶华；父母早亡，养育于不关痛痒者之手，像墙角的草，得不着阳光的温煦、雨露的滋润；生于寒苦之家，半饥半饱地挨着日子，既无好营养，又受不着好教育。这种不幸的青年，又何尝不多？咳，这也是春天，这也是青年！

二

西洋文学多喜欢赞美青春，歌颂青春，中国人是尚齿敬老的民族，虽然颇爱嗟卑叹老，却瞧不起青年。真正感觉青春之可贵，认识青春之意义的，似乎只有那个素有佻㒓文人之名的袁子才。他对美貌少年，辄喜津津乐道，有时竟教人于字里行间，嗅出浓烈的肉味。对于历史上少年成功者，他每再三致其倾慕之忱，而于少年美貌而又英雄如孙策其人者，向往尤切。以形体之完美为高于一切，也许有点不对，但这种希腊精神，却是中国传统思想里所难以找出的。他又主张少年的一切欲望都应当给以满足，满足欲望则必需要金钱，所以他竟高唱"宁可少时富，老来贫不妨"。这样大胆痛快的话，恐怕现在还有许多人为之吓倒吧。他永远羡着青春，《湖上杂咏》之一云：

> 葛岭花开三月天，游人来往说神仙，老夫心与游人异，不羡神仙羡少年。

说到神仙，又引起我的兴趣来了。中国人最羡慕神仙，自战国到宋以前一千数百年，帝皇、妃后、贵族、大官以及一般士庶，都鼓荡于这一股热潮中。中国人对修仙付出了很大的代价，抱了热烈的科学精神去试验，坚决的殉道精神去追求。前者仆而后者继，这个失败了，那个又重新来，唐以后这风气才算衰歇了些，然而神仙思想还盘踞于一般人潜意识界呢。

做神仙最大的目的，是返老还童和长生。换言之，就是保持青春于永久。现在医学界盛传什么恢复青春术，将黑猩猩、大猩猩、长臂猿的生殖腺移植人身，便可以收回失去的青春。不过这方法流弊很多，又所恢复的青春仅能维持数年之久，过此则衰惫愈甚，好像是预支自己体中精力而用之，并没有多大便宜可占，因之尝试者似乎尚不踊跃。至于中国神仙教人练的九转还丹，只有黍子大的一颗，度下十二重楼，便立刻脱胎换骨，而且从此就能与天地比寿、日月齐光了。有这样的好处，无怪乎许多人梦寐求之，为金丹送命也甘心了。

不过炼丹时既需要仙传的真诀、极大的资本、长久的时间，吃下去又有未做神仙先做鬼的危险，有些人也就不敢尝试。况且成仙有捷径也有慢法，拜斗踏罡，修真养性慢慢地熬去，功行圆满之日也一样飞升。但这种修炼需时数十年至百余年不等，到体力天然衰老时，可不又惹起困难么？于是聪明的中国人又有什么"夺舍法"。学仙人在这时候推算得什么地方有新死的青年，便将自己的灵魂续入其尸体，于是钟漏垂歇的衰翁，立刻便可以变成一个血气充盈的小伙子。这方法既简捷又不伤廉，因为他并没有伤害尸主之生命。

少时体弱多病，在凄风冷雨中度过了我的芳春，现在又感受早衰之苦。所以有时遇见一个玉雪玲珑的女孩，我便不免于中一动。我想假如我懂得夺舍法据这可爱身体而有之，我将怎样利用她青年的精力而读书，而研究，而学习我以前未学现在想学而已嫌其晚的一切。便是娱乐，我也一定比她更会享受。这念头有点不良，我自己也明白，可是我既没有独得道家夺舍法之秘传，也不过是骗骗自己的空想而已。

中年人或老年人见了青年，觉得不胜其健羡之至，而青年却似乎不能充分地了解青春之乐。所谓"不识庐山真面目，只缘身在此山中"，谁说不是一条真理？好像我们称孩子的时代为黄金，其实孩子果真知道自己快乐吗？他们不自知其乐，而我们强名之为乐，我总觉得这是不该的。

再者青年总是糊涂的、无经验的。以读书研究而论，他们往往不知门径与方法，浪费精神气力而所得无多。又血气正盛，嗜欲的拘牵，情欲的纠缠，冲动的驱策，野心的引诱，使他们陷于空想、狂热、苦恼、追求以及一切烦闷之中，如苍蝇之落于蛛网，愈挣扎则束缚愈紧。其甚者从此趋于堕落之途，及其觉悟则已老大徒悲了。若能以中年人的明智，老年人的淡泊，控制青年的精力，使它向正当的道路上发展，则青年的前途岂不更远大，而其成功岂不更快呢？

仿佛记得英国某诗人有《再来一次》的歌，中年、老年之希望恢复青春，也无非是这"再来一次"的意识之刺激罢了。祖与父之热心教育其子孙，何尝不是因为觉得自己老了，无能为了，所以想利用青年的可塑性，将他们抟成一尊比自己更完全、优美的活像。当他们教育青年学习时，凭自己过去的经验，授予青年以比较简捷的方法；将自己辛苦探索出来的路线，指导青年，免得他们再迂回曲折地乱撞。他们未曾实现的希望，要在后一代人身上实现；他们没有满足的野心，要叫后一代人来替他们满足。他们的梦，他们的愿望，他们奢侈的贪求，本来都已成了空花的，现在却想在后代人头上收获其甘芳丰硕的果。因此，当他们勤勤恳恳地教导子孙时，与其说是由于慈爱，毋宁说出于自私；与其说是在替子孙打算，毋宁说是自我安慰。这是另一种"夺舍法"，他们的生命是由此而延续，而生命的意义是靠此而完成的。

三

　　据说法朗士尝恨上帝或造物的神造人的方法太笨：把青春位置于生命过程的最前一段，使人生最宝贵的爱情磨折于生活重担之下。他说假如他有造人之权的话，他要选取虫类如蝴蝶之属做榜样。要它先在幼虫时期就做完各种可厌恶的营养工作，到了最后一期，男人女人长出闪光翅膀，在露水和欲望中活了一会儿，就相抱相吻地死去。读了这一串诗意的词句，谁不为之悠然神往呢？不只恋爱而已，想到可贵青春度于糊涂昏乱之中之可惜，对于法朗士的建议，我也要竭诚拥护了。

　　不过宗教家也有这么类似的说法，像基督教就说凡是热心爱神奉侍神的人，受苦一生，到了最后一刹那，灵魂便像蛾之自蛹中蜕出，脱离了笨重躯壳，栩栩然飞向虚空，浑身发大光明，出入水火，贯穿金石，大千世界无不游行自在。又获得一切智慧，一切满足，而且最要紧的是从此再不会死。这比起法朗士先生所说的一小时蝴蝶的生命不远胜吗？有了这种信仰的人，对于人世易于萎谢的青春，正不必用其歆羡吧？

　　　　　　　　　　　　　　　　　　　　（《屠龙集》）

王任叔（1901—1972），笔名巴人等。1922年5月始发表散文、诗作、小说，由郑振铎介绍加入文学研究会。1924年10月任《四明日报》编辑，主编副刊《文学》。同年11月，小说《疲惫者》在《小说月报》发表，引起文化界重视。1938年与许广平、胡愈之等共同编辑《鲁迅全集》，主编《译报·大家谈》《申报·自由谈》《公论丛书》等。1939年后，撰写、出版《文学读本》、《边鼓集》和剧本《前夜》等。

青　年
——有自己的路
王任叔

　　青年有一种无论谁都承认的好德性，那就是——纯正。纯正这一德性，我以为是做一切学问和事业的成功之母，也就是青年走上人生的大道的正确的定向盘。

　　二十多年来的中国社会，可真是变化百出。从政治局面上讲：从专制而共和，又从共和而帝制，而联合自治——军阀割据；再从这割据局面，而兴行北伐——实行国民革命，成立了国民政府，在这国民政府成立的十年里头，又经过了许多变化，到现在才算终于完成了破碎的统一局面。我所谓破碎，是指东北的失却，华北的特殊化——其间，我们青年，真不知道经过了多少染血的斗争。光荣的"五四运动"，是我们青年所创造的，沉痛的"五卅"惨案，是我们青年染血的纪录。伟大的国民革命，也是大部分靠我们青年的努力，得以完成这雏形的。至最近十年里，我们青年也同样用热血来呼号，甚至于用生命，和帝国主义的侵略，和一切封建的压迫榨取，作无情的斗争。但作为这一切行动的原动力的，正是青年所独有的这一"纯正"的德性。

近年有许多学者、名流都皱着眉头，说有不少青年的思想与行动走上了"歧路"。但他们却无法不带着正直的口气说："动机是完全纯正的。"不错，青年的思想与行动的动机，完全是纯正的，但为什么思想与行动的本身反而错误了呢？这里只有两种解释，说得通这句话的论理上的矛盾：其一，是青年终究缺少一点学识上的修养，遇事不能审思、明辨。青年又多热情冲动，见不平只知"仗义执言""舍身成仁"，而缺乏理性的克制。其二，青年所犯的错误本来无所谓错误，不过有些人用"既成的社会的标准尺"来量他们的长短，不适度的自然只好说是错误了。全没有"反求诸己"，估量这尺的"标准"是否"正确"。因为这些人有他们自己的利害打算，是无法估量的。但青年总是错了，总得加以刑罚。刑罚之余，又有点"不忍人"之心，就说"动机是完全纯正的"，仿佛这才交代得过了。

这两种解释，我不想指出哪一种是对的，是近于真理，但我敢大胆地说："青年的纯正的德性，却正是争取正确的思想和合理的行动的唯一的武器。"

唯其纯正，便不掺杂丝毫的利害打算。唯其纯正，才能融"小我"于"大我"，融"个人"于"社会"之中——而谋人类的幸福。人类历史的正常的发展，是无阶层社会的出现。人们得在十分和谐与关爱中求生活。那时候，那些终于也不得不说"青年的动机是纯正的"的人们的一点"不忍人"之心，就也发扬光大起来了。他们也将去掉私人的或阶层的利害的打算，而复返于"纯正"。

怎么叫作"不忍人"之心呢？翻作现在的术语，就是"同情"与"正义感"。孟轲先生有很好的说明："所以谓人皆有不忍人之心者：今人乍见孺子将入于井，皆有怵惕恻隐之心，非所以内交于孺子之父母也，非所以要誉于乡党朋友也，非恶其声而然也。"——完全是自发的，不期然而然的。关于这种同情心的由来，哲学上有"性善"、"性恶"和"性本无善恶"三派学说的争说，我们在这里不想参加意见，但这里有一点可以指出的：从生物的本能说，生命的名义是伟大。爱惜生命是生物的本能，由于生命之被威胁，或得不到正当的发展，或甚至被虐杀，那么秉有生命的同类，必然感到厌恶，必然发生同情与爱念。而这厌恶，这同情与爱念，也正是纯正的德性的内容。

青年对于他所爱好的学问的努力，对于他所爱好的事业的追求，大部分应该是在那学问与思想、事业与技能上，能扩大他的同情与爱念。固然，由于社会制度的不健全，把青年的纯正的德性全向歪曲的路上走去了的事实也很多。学问当作了做官的"敲门砖"，事业当作了发财的"聚宝盆"。但青年要求得真正的学问，做一番真正的事业，却非严格地持他纯正的动机与德性不可。这里所谓保守纯正的德性与动机，并非是我们

"为学问而学问""为事业而事业"的意思，而是说不将学问或事业作为个人自私的、卑末的、利害的工具的意思。最好的例子，我们看一看《呐喊》的作者如何从事他文艺的动机吧。在《呐喊》的序上，他说道：

> 其时，正当日俄战争的时候……我竟在画片上忽然会见我久违的许多中国人了，一个绑在中间，许多站在左右，一样是强壮的体格，而显出麻木的神情。据解说，则绑着的是替俄国做了军事上的侦探，正要被日军砍下头颅来示众，而围着的便是来赏鉴这示众的盛举的人们……从那一回以后，我便觉得医学并非一件紧要事。凡是愚弱的国民，即使体格如何健全，如何茁壮，也只能做毫无意义的示众的材料和看客，病死多少是不必以为不幸的。所以我们第一要著，是在改变他们的精神，而善于改变精神的是，我那时以为当然要推文艺，于是想提倡文艺运动了。

在这里，《呐喊》作者从事文学的动机是多么纯正呵！但这纯正，正是使他成为伟大的。

青年谁都承认是纯正的，所以青年也正有他自己的路，保持青年的纯正的德性的最后，也就是青年治学问与做事业得以成功的日子。老年人的非难，有时是可以放在一边不理的。

李儒勉（1900—1956），1920 年考入南京金陵大学，攻读心理学。毕业后，先后在东南大学附中及东南大学教英语。1931 年受聘为武汉大学英语系副教授，后升为教授。1936 年自费去英国牛津大学、剑桥大学学习莎士比亚文学。1938 年回国，先后在武汉大学、四川大学、国立女子师范学院兼任英语语音教学工作。1943 年受聘于英国驻华大使馆新闻处，负责编辑《中英周刊》。1948 年初赴英国剑桥大学讲学。

现在青年的道德使命

李儒勉

一、 青年的歧路

人生最有希望的是青年时期，最危险的也是青年时期。成功的种子是这个时候撒的，失败的种子也是这个时候撒的。人格完成的关键在此，人格堕落的关键也在此。在青年面前横着两条道路：一条是到黑暗的人间地狱去的，一条是向光明的乐园走的。彷徨歧路的青年何去何从便是一个异常急切、异常重要的问题。

一阵一阵的青年不明白全我的任务、社会的使命，青年在这危急存亡、分崩析裂的中国所有的特殊机会、特殊责任，不振作精神发展全我，促进社会，却不自觉地急转直下向堕落的路途跑去，真使人不寒而栗，担心忧虑到不可言状。

中国唯一的希望是青年，尤其是受过教育的青年。青年肯努力向上，前途尽是光明，原没有什么可怕。最可惜，是青年人不自爱，不明了人的生活的意义、道德的性质，不了解现在中国道德生活的内容。因此，不知道怎样自处。懦弱的，投降旧社会，软化了；强悍的，自私自利，不顾一切任意妄为，结果整个地堕落。这两种人：消极的，不会唤醒旧习惯，反抗恶势力；积极的，不能有什么建设、什么作为。

二、 人的生活与活的道德

青年人要拯救自己，免除堕落，第一就当明白生活的价值和道德的意义。生物界共有的特殊现象，是保存生命，发展生命（延续生命不过是发展生命的一种）。人是生物界的一部分，当然逃不了这些轨迹。因此，生活的价值就在增加生命的内容，扩充生命的意义，使它丰富，使它美化。从原始人直至现在一切活动都是为此。低级的茅茨土阶①的物质文明为此，高等文哲美术的精神文明也是为此。这原是人事界的自然现象，用不着什么争辩。为这缘故习技能、受教育、培养自己，都是理所当然，毋庸置辩。

可是人是群的动物，人不能离群独处，犹如不能离开空气一样，群体的生活与个人的生活是息息相关的。因此，发展生命，不特要发展个人的生命，也要发展群体的生命。要个人真

---

①古代的一种建筑构造形式。——编者注。

正建全，真正发展，除非群体真正健全，真正发展不可。现在的社会，还没有达到这一步，正足以证明人们的进化还早得很，人们离理想的境界还不知几千万里。但那无关紧要，我们只要明白方向，晓得怎样努力就够了。

因此，我们可以说：人的生活价值，就在培养个人，培养群体。换句话说，即是培养一个个的个人，一群群的社会，使两方面能和谐地发展生长，才是人的生活，也就是最完美的道德生活。

人的生活的意义明白了，道德的性质便不难了解了。直截地说，凡是保障个人与社会的发展的一切观念、一切行为，在某个时代、某个环境都是道德。时代变了，环境变了，道德的观念也就随之改变。聪明的人们就应该有意识地担负改造道德观念的责任，使它合乎个人与社会的全体的发展与滋生。

这一点是大家尤其是我们青年要特别注意的。许多人不明了道德的时代性、道德生活的根本精神。时代过了，还固执着已死的陈迹去勉强个人遵守，结果牺牲健全的个人，阻止进化的社会。这样，就是把道德当作死东西看待。其实道德的性质原是活的。一则它保障生活，增加生活的内容，所以是活的。二则道德的本身随时变动，也是活的。古代斯巴达人，以能偷窃为道德，因为境地的缘故，不如此连个人和社会便不能生存，还哪里能谈到其他高尚的生活。从前忠君是道德，现在复辟便是不道德。这便是时代变迁道德观念跟着流动的例子。

总而言之，求个人和社会生活的和谐美满的发展，是道德的骨子，也就是道德生活的目标。人们因多年的演进，对于美满生活的标准逐渐改变，因之道德观念也随之改变。先觉者的责任，就在帮助自己和人群有意识地改进道德观念以增加生活的内容。

三、 目前中国道德生活的内容与青年今后的责任

明了了上面所说的话，然后可以平衡中国现时道德生活的内容和我们青年的责任。中国现在道德生活的内容，至少表现三个恶劣的现象：（1）习惯的压迫；（2）强暴的势力；（3）虚伪的作为。

一大部分的人民被习惯压迫得了无生气。传统的思想把他们降伏得俯首帖耳，一声不作。例如"不孝有三，无后为大"，孟子随便一句话，却害死了不知有多少人。许多兽性发达的男子大大地讨小老婆。不成器的青年早早地结婚，结果不能自立，甚至短命而死，害父母不浅。究竟不孝有三，还是早婚不孝，一般人都不想想，只管盲从。所以我说现在中国的道德生活大部分是习惯地不讲理性的。

一大部分人俯首帖耳于旧习惯观念之下，同时一小部分人却肆无忌惮，用强暴的势力，尽量发达他们的兽性。无所谓是非，更无所谓同情。以杀人放火为快事，以鱼肉乡里为本领。贪官污吏、土匪军队、痞棍暴徒触目皆是，遍地都有。明目张胆地劫夺便是这辈人的惯技。

此外，还有一班缙绅者流，既不敢狂暴，又不受习惯道德

的压迫。凡是有利于己的，便挂着道德的招牌以蒙蔽社会。其实，他们心中是雪亮的，早就看不起什么传统的道德，不过要讨小老婆没有口实，便冠冕堂皇地说"不孝有三，无后为大"的鬼话。这一班人，实充满了目前的教育界、智识界。

这样的便是今日中国道德生活的现象——习惯道德的压迫，强暴势力的猖獗，虚伪作为的流行。这样的乌烟瘴气笼罩全中国的社会，蒙蔽着无数无量的可爱的青年。正在含苞欲吐的青春之花，熏染着这样的妖风邪气，焉得不凋谢，不恶化，不沉沦于无底无边的深渊而不克振拔？

青年们为拯救自己，拯救社会，怎能再不觉醒？消极的，如何对待这些乌烟瘴气？积极的，如何拯救自我挽救社会，使个人和社会都过着美满的人的生活？这便是我们的问题，刻不容缓的问题，我们的责任，责无旁贷的责任。

我们要扫清一切妖气，反抗一切恶魔，揭穿一切虚伪。我们要就个人和社会的全生活着想：用理智的态度重新估定一切习惯的道德。不管他是孔孟的教义，或是边沁、康德的名言，凡是合乎人的生活的，就当保存发挥而光大之，不合乎人的生活的，一概当扫除净尽，斩草除根，半点不留。我们要从吃人的礼教里去拯救一切不幸的人们，阐明"人"的价值，提高"人"的地位。

其次，我们青年要努力同一切虚伪、一切恶魔奋斗。我们须牢牢记着善与恶是不两立的。保障自己，保障社会，培养自己，培养社会，势不能不对抗一切虚伪和一切恶魔。我们不反抗它们，它们便立刻要来侵犯我们。虚伪的微生虫和恶魔的爪牙，时时刻刻都在准备着戕害我们、征服我们。

在这里，我们便应该明白团结是重要的。虚伪和恶魔真是燎原之火，不可向迩。青年们一个个地单独作战决然失败无疑。我们要壁垒森严，立于不败之地，势不得不在精神上、形式上同一切有志的纯洁的青年同声同气地联合一块，努力去开辟新的生命，去树立人的生活——个人和社会都美满的和谐的人的生活。

总而言之，中国青年的道德使命，是要用合理的批评的态度，本着人的生活的信仰来解放个人，解放社会，以求实现和谐的美满生活。因此，青年们要严格锻炼自己，要把自己的人格保险，要能吃苦能耐劳，要勇猛精进疾恶如仇，要脱离虚华的迷恋、浮薄的诱恋，要脚踏实地与全体的有志青年通力合作去创造精神文明、物质文明。